周口历史文化典籍丛书

宛丘先生诗选

朱振华◎编著

河南人民出版社
·郑州·

图书在版编目(CIP)数据

宛丘先生诗选 / 朱振华编著. —郑州：河南人民出版社，2022.12
(周口历史文化典籍丛书)
ISBN 978-7-215-13265-8

Ⅰ.①宛… Ⅱ.①朱… Ⅲ.①宋诗-诗集 Ⅳ.①I222.744

中国版本图书馆 CIP 数据核字(2022)第 252444 号

河南人民出版社 出版发行
(地址：郑州市郑东新区祥盛街 27 号 邮政编码：450016 电话：65788055)
新华书店经销　　河南灏博印刷有限公司印刷
开本　710 毫米×1000 毫米　1/16　印张　16.75
字数　258 千字
2022 年 12 月第 1 版　　2022 年 12 月第 1 次印刷

定价：59.00 元

总　序

诚明不易

——读书和思考很重要

有文化，对于一个人或一个地方来讲，都是件很荣耀的事。

但对任何事物的评判，是要有标准的，除了感情因素、动机因素，还要有客观现象或现实作为依据。

评判一个人是否有文化，需要把握三个核心要素：

思考问题的深刻性、系统性，即能力标准；做人做事的原则性，即道德标准；处世的格局与方式，即表现形式。

评判一个地方是否有文化，是这三条个体标准的群体化，千年相沿，影响带动，形成民风。

也可以量化对比一些现象，比如历史文化资源中某地域科举考试进士数量，比如时代文化气息中某地域人均线下图书购书量和借阅量。这一个历史数字和一个现实数字，以今天的地市级行政区划来比较，如果都没能进入全国的前100位，就要在崇文重教方面加压奋进了。

也可以观察考量一些群体社会表现，比如对于名利的态度和追求方式，比如人际交流中能否自然而准确地表达。如果在名利面前都可以弹性处理道义和手段，如果平常说话要么是词不达意要么是轻浮卖弄，就要在民风淳正方面强化引领了。

还可以客观分析这个地方对于历史文化资源传承弘扬的着眼点和着力

点,即以什么理念和什么方式来做。

不去研究老子、孔子的思想和生平,而只专注于附会渲染他们出生时天有异象;不去探讨孔庙、太昊陵的历史沿革、礼制内涵、建筑格局,而是津津乐道于怎么跳龙门、怎么摸子孙窑生儿子;不去领悟楚辞、理学的文化意蕴,而去无谓地争夺屈子投江、程门立雪的发生地;不准确把握历史名人资源的界定标准,而一味自作多情地生拉硬拽、认亲攀附;不深入全面地研读文化典籍,而是听说了几个名词术语就敢写文章谈观点,误认为能溜滑板就能开飞机;不科学地研判文化资源价值,明确地域文化定位,而是敢把梦话当学术宣言,动辄自称“宇宙元点”;输了赛道之后,不是反省自己体质、技能或装备上的不足,而是到处喧嚷“我祖上会飞”。

这种现象不是个别的,不是一时的,是大面积长期存在。

为什么要这样?就是因为这样做成本低,不需要下苦功夫,不需要钙铁硒、精气神、勤奋和天赋的支撑,只需要在村头听听老奶奶是怎么哄孙子的,在酒桌上借鉴些别人的豪言壮语,再掺些自己常用的聪明,就可以跳出来鸣锣起舞了。

这样做的直接后果,是把科学的变虚幻了,把真实的变模糊了,把厚重的变轻薄了,把人格塑造变成生活调味了。一场弘扬历史文化的恢弘大剧,变成了戏谑小品。

把这些现象都观察分析一番,再来衡量一个地方是否有文化,是否有健康正确的文化观,相信有些自我文化定位很高的地方,也会有一定程度的失落。

一个地域内,文化的阶段性、类别性缺失,是由多种原因造成的,就像一个人的体质不佳,有的是先天不足,有的是大病之后元气没能恢复,有的是长期不良习惯致使免疫力弱,等等。这本身不可怕,辨症施治就行了。要注意的是,不能误把病态作强健,再以不健康的方式试图去勉力维护这虚幻的强健。

失落之余,不是沉沦颓废,不是自欺自诩,而是要冷静下来,分清楚病态与健康,查明白遗传或病理,以对时代负责的态度,对子孙负责的态度,努力去弥补缺失。

前人留下的东西，我们要科学地传承好；前人留得少的东西，在我们手中变多；前人没有留下的东西，我们努力给子孙创造。

要促进文化的发展与繁荣，不能靠空谈，是需要付出的。要下笨功夫，去研究，去实践，持续发力引导，以一代人甚至几代人的付出，不断优化一个地方的文化基因。

最基本的方式，是读书与思考，有质量的读书与思考。

读书的目的，不完全是获取知识，不单单是做些学问。读书的最根本目的，是让人有思想、有灵魂，有至诚之德和洞明之智，是要塑造健全人格。

所以，要多读有用之书，想明白做人做事的道理，外化于言行。一人如此，千万人如此，当下这样，世世代代这样，努力实现我们这个时代新的文化灿烂。

周口，有着悠久的历史，有着丰富的文化资源，是中华道德文明起源传承的核心区。相传伏羲氏在这里演八卦，探索自然规律，追求天人合一，开启人类文明大道之源；老子在这里研道悟道，辨明道德关系，引领尊道贵德，道德理念厚植于这方土地。

同是在这块土地上，先贤留下了无数典籍，是民族文化的瑰宝。我们从中选择9个方面的内容，邀请若干学界有影响、学术有专长、地域有关联的学者，共同编纂“周口历史文化典籍丛书”，在继承前人思想文化的同时，形成我们这个时代自己的文化成就，为大家提供阅读，引发大家思考，为“道德名城 魅力周口”文化标识增添亮度。

以后，我们还会不断努力。希望有更多人参与支持。

编 者

2022年10月11日

导　言

宋神宗熙宁四年(1071)七月,三十六岁的苏轼自汴京赴杭州通判任,途经陈州(今河南周口),拜谒知州张方平,看望胞弟苏辙。苏氏兄弟相见甚欢,偕游淮阳太昊祠、胡公墓、厄台、柳湖诸名胜,饮酒赋诗,盘桓七十余日。方是时,十八岁的张耒游学陈州,颇为州学教授苏辙赏识,苏轼亦爱其才学,列入门墙。张耒因从之游,与黄庭坚、秦观、晁补之齐名,号称"苏门四学士"。

一、"骚客生涯惟赋诗"

张耒,字文潜,号柯山,世称宛丘先生。祖籍亳州谯郡(今安徽亳州),宋仁宗至和元年(1054)三月生于楚州淮阴(今江苏淮安)。陆游《老学庵笔记》卷四记载:"张文潜生而有文,在其手曰'耒',故以为名,而字文潜。"张耒出身官宦世家,高祖张成,追赠礼部尚书;曾祖张传,仕至礼部侍郎;祖父曾在闽地做官;父为皇祐五年(1053)进士,历任山阳学官、三司检法官,以亲老求知吴江县。

(一)"儿童居宛丘"

张耒的父亲宦游南北,居无定所,母亲羸弱多病,常年在宛丘(今河南淮阳)养疴,张耒每每随母寄居于外祖家。"儿童居宛丘,里巷昔所经。"外家表兄李文饶、表弟李公辅是张耒儿时共骑竹马的玩伴,黄寔、陈鼎是他同窗共读的学友。

外祖李宗易,字简夫,宛丘人,宋真宗天禧三年(1019)进士及第,历谯县令、御史台推直、知光化军屯田员外郎、度支郎中,以司封郎中致仕,"归隐淮阳市,遨游十六年”。与晏殊、范仲淹、苏辙友善,儒雅风流,作诗师法白居易,“旷然闲放,往往脱落绳墨,有遗我忘物之思”(苏辙《李简夫少卿诗集引》)。宋神宗熙宁四年(1071)病逝,追赠太常少卿。张耒作《李少卿挽词》二首,“怀想只疑高兴在,一吟遗句泪沾巾”。

张耒少小颖异,笃志力学,十三岁措词属文,十五岁驰骋关西,“十七时作《函关赋》,已传人口”(《宋史·张耒传》)。游学陈州时,遭丧母之痛。外祖高瞻卓识,对张耒倍加怜爱,开蒙启智,习性熏染,自在情理之中。

(二)“十载困微官”

宋神宗熙宁五年(1072)秋,张耒应举姑苏(今江苏苏州)。熙宁六年(1073)三月,年甫弱冠的张耒考中进士,授官临淮主簿。翌年八月三日,张耒自陈州蔡河乘舟赴临淮任,从此踏上了游宦四方、迁谪流离的人生旅程。

临淮为泗州属县,东临淮水,地处淮南要冲。上任伊始,晁补之路过州治盱眙,与张耒相遇,“颇讶谪仙人,有籍白玉京”。熙宁八年(1075)十一月,密州知州苏轼修葺城苑旧台,名曰“超然台”,作《超然台记》,命诸公赋之。张耒应命作《超然台赋》,获得苏公称赏。由师尊引路,张耒开始跻身于波谲云诡的北宋文坛。

熙宁九年(1076)季夏,父亲病故,张耒自海州赶回山阳奔丧。张耒时年二十三岁,父母俱殁,哀痛难抑:“弱冠得官,欲养其亲而受养者未饱,而泣血继之。飘然羁孤,挈其妻孥,就食四方,莫知所归。”(《上蔡侍郎书》)

宋神宗元丰元年(1078),张耒丁忧期满,进京补官之际,赋诗《寄子由先生》,结识诗僧参寥,后至南京(今河南商丘)谒见苏辙。元丰二年(1079)夏,曾巩奉敕移知亳州,道经楚州,张耒行将赴河南寿安尉,以书拜公于行次,一别竟成永诀。

元丰二年(1079)秋,张耒离开山阳,赴寿安尉任。水陆兼行,一路有诗——《淮阴晚望》《赴官寿安泛汴二首》《自南京之陈宿柘城》《西华道中》《至日离许州》《初见嵩山》《过少室》等,岁末抵达寿安(今河南宜阳)。

寿安属西京河南府,在京西南七十六里,山深俗陋,土瘠民贫。尉廨偏居福昌一隅,张耒官闲无友,惟有寄情诗文。《朝应天》《过韩城》《吊连昌》《奉先寺》,参拜瞻仰,发思古之幽情;《山城》《感春》《秋怀十首》《闻蛩有感》,感时咏怀,叹岁月之蹉跎;《一亩》《东方》《诉魃》《和大雪折木》,悯农恤困,哀民生之多艰。它如《友山》《福昌书事言怀一百韵上运判唐通直》《上文潞公献所著诗书》诸篇什,遣忧逐愁,探幽发微。更有甚者,张耒有感于无赖盗贼任青受朝廷招安得官伊阳巡检的传奇身世,作《任青传》。

张耒赴任经过洛阳时,曾拜访司马光,元丰三年(1080)五月,上书司马光,呈新文七篇。司马光《答福昌张尉耒书》:"足下齿发方壮,才气茂美,官虽未达,高远有渐。异日方将冠进贤、佩水苍,出入紫闼,訏谟黄阁,至人主于唐虞之隆,纳烝民于三代之厚。"(《温国文正司马公集》卷六十二)勖勉之情溢于言表。

"三年官况味,真是冷于冰。"元丰六年(1083)春,张耒罢寿安尉,闲居洛阳,不幸接踵而至,清明生病卧床,九月发妻弃世。稚子失母,啼号不绝,作《悼逝》《悼亡九首》,字字含悲,催人泪下。不久,张耒携子东归,寓居陈州。翌年正月,亡妻的音容仍挥之不去,作七律《正月六日》,后四句:"来共春烟情冉冉,洒随疏雨泪萧萧。蛾眉一闭年华改,纵有遗魂可得招?"

元丰七年(1084)冬,张耒赴咸平县丞任。咸平(今河南通许)属东京开封府,在京东南九十里,为近畿重镇。在咸平丞任上,他喜欢营妓刘淑女,赋诗《赠人三首》、填词《少年游》《秋蕊香》,缠绵缱绻,乐而不淫,可谓张耒诗歌艺术的奇葩。

(三)"随计当年寄玉京"

宋哲宗元祐元年(1086)春,亳州知州晁端彦聘请张耒为州学教授,赴任途中,在陈州作《与陈三书》,探望时任沈丘县令的哥哥张柔。在亳州期间,拜谒卫真(今河南鹿邑)太清宫,赋五言长律《过卫真太清宫追怀章圣皇帝游幸之盛小臣斐然成咏》。

时隔旬月,张耒改太学博士。六月,诏孙平仲、毕仲游、张耒、晁补之等人参加学士院考试,苏轼任主考官,同知枢密院事范纯仁举荐张耒堪馆阁之任。九月,司马光卒,赠太师温国公,谥文正。张耒作《故仆射司马文正公挽词四首》《代范枢密祭司马温公文》。十二月,毕仲游、张耒、晁补之等十三人并擢馆职,张耒、晁补之为秘书省正字,受诏校《资治通鉴》。

元祐二年(1087)五月,与文周翰、李常、黄庭坚、晁补之等会饮于王才元园，作《文周翰邀至王才元园饮》，苏轼称叹“此不是吃烟火食人道底言语”。黄庭坚次韵云：“张侯笔端势，三秀丽芝房。作诗盛推赏，月珠计斛量。扫花坐晚吹，妙语亦难忘。”

同年六月至九月，张耒、晁补之、邓忠臣、蔡肇、孔仲武、柳子文、李公麟等十九位秋闱试官奉诏在京都西门外的同文馆锁院。这些饱读诗书的才俊先以张耒入院前写就的《初伏大雨戏呈无咎》为韵唱和，随后纷纷联谊品鉴，把酒欢歌，参与唱和者十三人，在封闭逼仄的时空中迸发出勃勃生机。现存同文唱和诗二百二十二首，张耒独占二十五首，成为宋代酬唱诗歌的标志性事件，甚至被视作旧党的一个符号，“最后起同文馆狱，将悉诛元祐旧臣”（《续资治通鉴长编》卷四百九十五）。

元祐三年（1088），驸马都尉王诜邀请苏轼、苏辙、黄庭坚、秦观、晁补之、张耒、米芾、李公麟、王钦臣、李之仪、陈景元、圆通大师等十六位文人雅士在其府中聚会，并请李公麟用白描写实手法绘制《西园雅集图》长卷。米芾《西园雅集图记》称：“李伯时效唐小李将军，为着色泉石、云物、草木、花竹，皆绝妙动人，而人物秀发，各肖其形，自有林下风味，无一点尘埃气，不为凡笔也。……自东坡而下，凡十有六人，以文章议论，博学辨识，英辞妙墨，好古多闻，雄豪绝俗之资，高僧羽流之杰，卓然高致，名动四夷。后之揽者，不独图画之可观，亦足仿佛其人耳。”这一盛举，赓续兰亭雅集千年文脉，为历代巨公名流所推重。

苏轼在京任翰林学士期间，常召集几位门下士会于私第，必命侍妾王朝云用密云龙茶相款待，相与饮酒赋诗，论史谈艺。“一时文物之盛，自汉唐以来未有也。”（惠洪《石门文字禅》卷二十七）

元祐五年（1090）六月二十二日，张耒除著作佐郎，十二月四日加集贤校理。元祐六年（1091）六月八日，以著作佐郎、集贤校理为秘书丞，十一月十六日为国史院检讨官，十二月二十四日迁著作郎。元祐七年（1092）七月十二日，诏修《神宗正史》。元祐八年（1093）四月十八日，翰林侍讲学士范祖禹上奏举官自代：“伏睹国史编修官、著作郎、集贤校理、国史院检讨张耒，文章瑰玮，论议闳博，必能发挥典诰，为国光华。臣实不如，今举自代。”（《范太史集》卷六）是年冬，除起居舍人。监察御史来之邵、侍御史杨畏等以素行轻傲、资浅望轻奏请“罢耒新命,以协舆情”。张耒上状辞免不准,便以自患风痹五年为由,乞请外任。

张耒供职馆阁八年,顾义自守,恬淡无欲,暇日则和苏门师徒、馆阁同僚雅集酬唱,时与文彦博、范纯仁、钱勰诸朝廷老臣往还,或代笔作文,或次韵赠答,“历游大人先生间”,度过了他仕宦生涯的高光年华。

(四)“此身天地一浮萍”

宋哲宗绍圣元年(1094)四月,张耒以直龙图阁知润州(今江苏镇江)。五月,苏轼谪知英州,途经真州(今江苏仪征),张耒遣兵王告、顾成随侍护送。张耒在润州游焦山、北固山甘露寺,丹阳翟汝文从之学。“朅来京口见花落,归去西风未吹柳。”秋初,张耒忽被解官润州。八月,返京行至淮阴,遽诏命权知宣州(今安徽宣城)。

绍圣二年(1095)正月初一,张耒率宣城郡僚朝拜天庆观,十五日,作《上元思京辇旧游三首》。三月,张耒再派王告南下惠州探望苏轼,苏轼寄赠桄榔杖一枚。春末至夏,宣州干旱,祷神求雨,作《敬亭广惠王求雨文四首》;夏秋之交,淫雨不止,谒庙乞晴,作《苦雨》。

绍圣三年(1096)仲春,张耒罢宣州任,进京途中,在金陵停留十日,作《金陵怀古》。抵达汴京,得官管勾明道宫,寻便居陈。是年秋,回到陈州,寓居宛丘南门灵通禅院西堂,职闲无事,以饮酒为乐,因读陶渊明《饮酒》诗,作《次韵渊明饮酒诗》十九首。十二月,在僧舍堂下手植两株海棠。撰写历史琐闻类笔记《明道杂志》一卷。

绍圣四年(1097)闰二月六日,张耒接到朝廷诏令,罢免管勾明道宫,落职直龙图阁,谪监黄州酒税矾务。束装就道之前,自灵通禅院迁居至西门街孝悌坊。作五古《淮阳》诗,“异乡仍谪官,一步九回首”,抒发眷恋不舍之情。三月到黄州(今湖北黄冈),寓居僧舍。十月,作《冬日放言二十一首》。

宋哲宗元符元年(1098)春,张耒作《梦游陈州柳湖觉而作》《春日怀淮阳六绝》《闻鹎鵊》《三月一日马令送花》,怀念淮阳风物。接宛丘灵通禅院僧人书信,获知前年手植海棠花开茂盛,作《问双棠赋》。元符二年(1099)夏末,张耒罢黄州酒税,徙谪复州(今湖北天门)监酒。元符三年(1100)正月,哲宗驾崩,徽宗即位。二月,起用张耒为黄州通判。四月,朝廷大赦,移知兖州。六月十五日罢黄州任，张耒率长子张秬、女婿潘仲达出游，自黄州经巴河、蕲春、富池、江州、浔阳，二十日至庐山，二十二日过富池而归，一路欢歌笑语，烹茶酌酒，"江山收得一囊诗"。

"居夷实三载，邻里通假借。别之岂无情，老泪为一洒。"是年秋，张耒离黄北还，"春风岭上望齐安，太昊城边揽秋菊"。经陈州至兖州，九月初九，登高赏菊，"笑谈佳节宾朋集，诗酒清欢兴味长"。十一月，张耒以太常少卿奉召入京。岁云暮矣，张耒作《将至都下》，"敝裘疲马古道长，九旬刺史归空囊"。

宋徽宗建中靖国元年(1101)春，张耒除秘书少监。夏，出知颍州。过陈州，作《病暑赋》。七月二十八日，苏轼殁于常州，张耒悲恸不已，出俸钱在荐福寺修供致奠。同年冬天，张耒移知汝州。

宋徽宗崇宁元年(1102)五月，张耒再坐元祐党籍落职，主管亳州明道宫。二十日，应南顿令江惇裕之请，作《汉世祖光武皇帝庙记》。初秋，寓居陈州，作《寓陈杂诗十首》。七月二十七日，张耒因在颍州知州任上为苏轼辞世缟素而哭，言者以"败俗乱常"纠弹，遂自管勾亳州明道宫责授房州别驾，黄州安置。九月初三日，张耒抵达黄州，寓居乾明寺。不久，时监鄂州在城盐税的黄庭坚从武昌渡江到黄州看望同门兄弟，赠诗有句"张侯文章殊不病，历险心胆元自壮"。十二月二十一日立春，张耒作《立春三首》，黄庭坚次韵"传得黄州新句法，老夫端欲把降幡"，称赞张耒深得苏轼句法三昧。

崇宁二年(1103)春，张耒作六言绝句《乾明院门望江山怀淮阳城南步二首》。十月，自乾明寺移居柯山何氏第，与潘大临为邻。作《柯山赋》，自号柯山居士。然而，"柯家山下有幽筑，云梦泽南非故乡"，"淮阳春物应如锦，犹在柯山送雁归"，张耒羁旅江乡，却念念不忘陈州故园。崇宁五年(1106)正月，朝廷大赦天下，张耒叙复承议郎，监南山岳庙。三月，诏许任便居住。十一月，张耒离黄北上，作《至安化驿先寄淮阳故人》。

(五)"风波历尽还故郡"

张耒自黄州归来，先到泗州、宿州、楚州小住。宋徽宗大观二年(1108)三月，五十五岁的张耒赦落罪籍，遂携家眷定居陈州，与流寓宛丘的同年进士常安民结邻于西门街孝悌坊。"苍头白发老祠官，邂逅淮阳一笑欢"，二人饮酒唱和,相得无间。

大观四年(1110)九月,晁补之卒于泗州知州任上,张耒"闻讣于陈,惊呼号天",作《祭晁无咎文》《晁无咎墓志铭》。张晁"外虽朋游,情实兄弟",并居南城,同升馆阁,声气相求,酬唱尤多。

宋徽宗政和元年(1111)十二月,张耒作《岁暮即事寄子由先生》,向睽违多年的老师诉说贫病交侵的窘迫不堪,依佛嗜书的笃定坚忍,结句"何当闻妙诲,黥刖待完肤",表达了虚心请教的愿望。张耒自陈州拜师迄今整整四十年,情深意长,寄诗奉答已成惯例,可惜此诗寄出后杳如云鹤,师生之间的文字交往定格于此。

政和二年(1112)春,张耒在宛丘城冠盖孙氏第修筑下舍,作《新居上梁文》:"太昊之墟,风俗素厚。长淮以北,鱼稻渐丰……"新屋落成,四月十五日,自西门街孝悌坊移居冠盖孙氏第,"坐偷太仓粟,稳睡而饱食"。同年秋,翟汝文出任陈州知州,张耒作《赠翟公巽》,"公来衰颜得一笑,侧听高论惊寻常"。翟知州念其投闲贫苦,欲为买公田贴补家用,张耒固谢不取,可见其高风节操。十月三日,苏辙逝世。"时二苏及黄庭坚、晁补之辈相继没,耒独存,士人就学者众,分日载酒肴饮食之。"(《宋史·张耒传》)

政和三年(1113)正月,翟汝文召拜中书舍人,张耒作《送翟公巽赴中书舍人》。十月,作《初冬偶成》:"……六年淮阳客,岁岁风景同。吁嗟吾老矣,抚事思无穷。"

"何处春深好,春深居士家。荒园几畦菜,环堵数枝花。自蜡登山屐,好驱下泽车。时时客问字,醉帽任倾斜。"(《何处春深好二首》其二)这是张耒晚年疏放自适、授业解惑的生活写真。

政和四年(1114),张耒病故于宛丘寓舍,归葬于淮阴。

纵观张耒的一生,如果说亳州谯郡是张耒的祖籍,楚州淮阴是他的出生地,那么,陈州宛丘则是他少年游学、中年投闲、晚年卜居的精神家园。他的个人命运与苏轼的人生际遇是密不可分的,没有苏轼的推赏,就没有张耒的辉煌成就。反之亦然,张耒因从苏轼游,坐元祐党籍,两度贬谪黄州。难能可贵的是,师生休戚与共,情比金坚,张耒虽以"门下死党"屡遭弹论,迁谪流放,羁穷潦倒,却无怨无悔,甘之如饴。

二、"形模弥勒一布袋"

宋徽宗建中靖国元年(1101),四十八岁的张耒擢升秘书少监,御史陈次升上言耒有疾病,诏令出知扬州,寻改陈州,又改颍州。远在江陵的黄庭坚以诗调侃:"张子耽酒语蹇吃,闻道颍州又陈州。形模弥勒一布袋,文字江河万古流。"短短二十八字,活脱出张耒嗜酒、肥硕、出语无定、相肖异僧的独特状貌。我们不妨深入张耒的"布袋"中探寻其鲜活多面的人生。

张耒身材魁伟,有肉山、肥仙之喻。黄庭坚诗云:"张侯哦诗松韵寒,六月火云蒸肉山。"陈师道诗云:"诗人要瘦君则肥,便然伟观诗不宜。诗亦于人不相累,黄金九环腰十围。"张耒卧病,秦观和诗云:"平时带十围,颇复减臂环。"虽为同门戏语,而其肥不虚。《四库全书总目》:"《瀛奎律髓》载杨万里之言,谓'肥仙诗自然'。肥仙,南宋人称耒之词也。"

张耒性嗜饮酒,罕有其匹。自称:"平生饮徒,大抵止能饮五升,已上未有至斗者,惟刘仲平学士、杨器之朝奉能大杯满釂,然不过六七升醉矣。晁无咎与余酒量正敌,每相遇,两人对饮,辄尽一斗,才微醺耳。"(《明道杂志》)张耒不问寒暑,日辄数酌,"一醉兴未终,连延忽三举","痛饮淋漓半夜醒,披衣坐待晓窗明"。他身患风痹,"那知偶不死,持杯复饮兹";他尊奉佛理,"酒虽破净律,吾事在律表"。"妻儿具酒劝我饮,儿稚笑语傍嬉嬉。人生如此亦可乐,安用轩冕生光辉","愈老愈嗜酒,益醉益自然",甚至借酒穿越时空,"羲皇迹已远,三酌呼可还"。悠悠万事,惟酒为大。

张耒吟诵诗歌,神采飞扬。宋哲宗元祐二年(1087)同文馆锁院期间,诗酒放浪,狂歌起舞,张耒与晁补之对榻诵诗,响应达旦。"连床交语响春容,激楚评骚彻晓钟","张侯作诗召清风,渴读如饮雪山乳","华堂耿青灯,夜半狮子吼"。张耒外放期间,雨中见甥杨道孚,"与子读《楚词》,亹亹忽尽编";"往来曳杖两足健,醉后哦诗双颊红"。暮年寓居宛丘,"且复东窗下,高歌醉而嬉"。据洪迈《容斋随笔》记载,何大奎造府拜谒,一连三天,亲见张耒高声吟诵杜甫《玉华宫》、苏轼《梨花》诗,"每吟一过,必击节赏叹不能已"。

张耒善于雄辩,诙谐幽默。黄庭坚奉和诗云:"张侯真理窟,坚壁勿与战。难以口舌争,水清石自见。”晁补之次韵诗云:“听君雄辩神扬扬,却思得一愁十亡。”宋代《道山清话》有一则张耒讲述的笑话,一个贩书人进京卖书,途中偶遇一位嗜书如命的穷秀才,想卖掉家中古铜器购书,贩书人有好古之癖,遂以随行之书置换数十铜器而返。妻子见状,詈骂道:“你换得他这个,几时近得饭吃?”贩书人回怼说:“他换得我那个,也几时近得饭吃?”众皆绝倒。明代《何氏语林》记载两则张耒“佳谑”。一说长安有安姓大户,家藏唐明皇骷髅,呈紫金色,分家析居时,争执不下,只好将其劈为数片,人分一片而去。张耒说:“明皇生前死后,都对姓安人极恼。”合座大笑。另一则是说秦观刚被贾御史构陷,不当授馆职,张耒却对秦学士戏称:“千余年前,贾生过秦,而今是悲剧重演。”闻者无不钦服张耒妙化贾谊《过秦论》的机警,只有秦观面有愠色。

张耒书法粹美,尤长行草。他入京前,《题朱氏园》诗云:“客至会须留醉墨,主人留榜待新诗。”供职馆阁后,“凡秘府所藏与一时士大夫家所有晋、唐以来名书妙墨,皆获见之”。元祐元年(1086)十一月,张耒和黄庭坚、晁补之夜会于苏轼府上,翻倒几案,从箧笥中搜出谪居黄州时醉书《黄泥坂词》手稿,“文潜喜甚,手录一本遗余,持元本去”(《苏轼文集》卷六十八)。元祐二年(1087)春,黄庭坚赠与张耒一方洮州绿石砚,“赠君洮州绿石含风漪,能淬笔锋利如锥”。张耒贬官黄州,曾向潘大临假借“备正书行草数体”的《东坡书卷》以为书法,后竟自秘不还。岳珂《张文潜九华帖赞》曰:“结字小而密,气放以逸;措意婉而妍,神闭以全。公固不以书名,盖无一而非天。然则汪洋澹泊,一倡三叹,考之东坡先生之言,盖不特公之文为然也。”(《宝真斋法书赞》卷十七)洪适《跋曾仲躬所藏张文潜草书》:“张右史文名满天下,而后之人不知其能书。观此墨妙,真可以藏之十袭。”(《盘州文集》卷六十三)陶宗仪《书史会要》卷六:张耒“草书飘逸可观”。我们今天能够看到的张耒《送秦少章序》拓本,其书体既非苏东坡“石压虾蟆”,亦非黄鲁直“树梢挂蛇”,而是应规入矩的行书,正如张耒《跋唐太宗画目》所言:“用笔精工,法度粹美,杂之二王帖中,不能辨也。”

张耒通晓绘事,以画马著称。“画工出幻事,缟素发原薮。”张耒供职汴京,“一时交结尽豪英”,品画题诗自不在少数。元祐二年(1087)夏,苏轼、苏辙、黄庭坚、苏颂、王钦臣、张耒诸人雅集,观赏李公麟藏《韩幹马图》,纷纷赋诗次韵,“独张文潜最高胜”(《侯鲭录》卷一)。不久,苏轼为文周翰题《郭熙秋山平远二首》,张耒次韵《题文周翰郭熙山水二首》。元祐三年(1088)九月,苏轼戏题李公麟画御马好头赤,张耒《次韵苏内相好头赤》。同年,驸马都尉王诜邀请二苏公、黄庭坚、米芾、张耒等十六人宴聚王府西园,李公麟绘白描《西园雅集图》,各肖其形,“跪而捉石观画者为张文潜”。元祐五年(1090),张耒与秦观赏读易元吉《獐猿图》,赋七古一首;二人品鉴《晋贤图》。宋哲宗绍圣三年(1096),张耒罢守宣州,返京过当涂,游观采石中元水府祠韩幹画马一轴,是年秋,张耒寓居宛丘,“于外氏李家见所蓄模本甚多,一马与中元祠中正同,乃信其为模本决也”(《明道杂志》)。张耒偶尔挥毫作画,其《试墨》诗云:“金案冰窗净绝尘,砚寒龙尾縠生纹。澄江清浅汀洲静,忽有苍螭下吐云。”尤善画马,“墙东作瘦马,万里气骎骎”(黄庭坚《次韵文潜休沐不出二首》),东坡叹为“妙墨”。

张耒养生有术,究心医方。他身患末疾,平素注重养生,自种菊花,春夏食叶,秋冬食花,风宣滞行,骨节坚良(《种菊》);自酿仙灵脾酒,“七日以供饮,跛曳皆翩蹮”(《服仙灵脾酒》);“每晨起,食粥一大碗,空腹胃虚,谷气便作,所补不细,又极柔腻,与肠腑相得,最为饮食之良”(《粥记赠邠老》)。陆游《食粥》诗云:“世人个个学长年,不悟长年在目前。我得宛丘平易法,只将食粥致神仙。”(《剑南诗稿》卷三十八)苏轼在京都郊祀时,偶感目昏,将以热水洗之,张耒忙劝阻道:“目忌点濯。目有病,当存之,齿有病,当劳之,不可同也。治目当如治民,治齿当如治军。治民当如曹参之治齐,治兵当如商鞅之治秦。”苏轼深以为然,不仅追记为《目忌点濯说》,数年后还抄录于琼州开元寺壁(《晚香堂苏帖》)。张耒读《史记·扁鹊仓公列传》,“为记自齐侍御史成至齐文王病凡数十人,其察脉观色所用药剂汤熨之法皆载之,以为后法”(《钱申医录序》)。《直斋书录解题》:“张文潜《医书》一卷,三十二方,号治风。”他还将治疗痞症的经历写成《药戒》传诸后人。张耒谪居齐安时,与名医庞安常交谊密切,赋诗《赠庞安常先生》,作《跋庞安常伤寒论》。庞安常五十八岁,“与客坐语而卒”,为撰《庞安常墓志铭》,论脉象甚详,曰“定阴阳于喉手,配覆溢于尺寸,寓九候于浮沉,分四温于伤寒”。

直到晚年,他仍以未能系统整理庞氏治疾验方引为憾事。

“虽肥如瓠壶,胸中殊不粗。”张耒并非埋首故纸堆中的书蠹,而是“玉壶满倾春水决”的酒徒,“嗜蟹如故苦风痹”的饕客,“僦居仍有小园春”的老圃,“十首新诗换牡丹”的花痴,“蔡子围棋非我敌”的棋手,“高歌大笑声如钟”的顽童……换言之,他拥有一个有趣的灵魂,堪称“士之超越绝尘者也”。无怪乎苏轼感慨道:“比年于稠人中,骤得张、秦、黄、晁及方叔、履常辈,意谓天不爱宝,其获盖未艾也。比来经涉世故,间关四方,更欲求其似,邈不可得。以此知人决不徒出,不有益于今,必有觉于后,决不碌碌与草木同腐也。”(《苏轼文集》卷五十三)

三、“文字江河万古流”

欧阳修《梅圣俞诗集序》:“盖世所传诗者,多出于古穷人之辞也。凡士之蕴其所有而不得施于世者,多喜自放于山巅水涯之外。见虫鱼、草木、风云、鸟兽之状类,往往探其奇怪。内有忧思感愤之郁积,其兴于怨刺,以道羁臣、寡妇之所叹,而写人情之难言,盖愈穷则愈工。”张耒一生穷愁不遇、流落江湖,却用自己的生命体悟为世人留下了宝贵的文学遗产。

张耒天赋异禀,属文机敏,笔力雄健,苏轼称其文“汪洋澹泊,有一唱三叹之声”(《答张文潜县丞书》)。苏轼曾经告诉儿子苏过:“秦少游,张文潜,才识学问,为当世第一,无能优劣二人者。少游下笔精悍,心所默识而口不能传者,能以笔传之。然而,气韵雄拔,疏通秀朗,当推文潜。”(《曲洧旧闻》卷五)张耒诗文兼擅,尤长于骚词、乐府,“作诗晚岁益务平淡,效白居易体,而乐府效张籍”(《宋史·张耒传》)。吕本中《童蒙诗训》:“文潜诗自然奇逸,非他人可及。”陆游尝言“自张文潜下世,乐府几绝”,俨然成为引领北宋诗坛的风标。

晁补之《题文潜诗册后》:“君诗容易不着意,忽似春风开百花。”张耒的诗歌不作奥语,明白晓畅,有唐人风致,颇受后人青睐。杨万里《读张文潜诗》:“晚爱肥仙诗自然,何曾绣绘更雕镌。春花秋月冬冰雪,不听陈玄只听天。”刘克庄《书文潜寒衣歌》:“唐乐府惟张籍、王建,本朝惟一张文潜尔。”汪藻《柯山张文潜集书后》:“元祐中,两苏公以文倡天下,从之游者,公与黄鲁直、秦少游、晁无咎,号四学士,而文潜之年为最少。公于诗文兼长,虽当时鲜复公比。两苏公诸学士既相继以殁,公岿然独存,故诗文传于世者尤多。若其体制敷腴,音节疏亮,则后之学公者,皆莫能仿佛。”由此可见,张耒诗名在赵宋之际即不同凡响。降至金元,方回《桐江集》卷三十二云:“张文潜自然有唐风,别成一宗。”

明清以还,好评如潮。胡应麟《诗薮外编》卷五:“张文潜在苏、黄、陈间,颇自闲淡平整,时近唐人。”钱谦益《牧斋初学集》卷三十五:“传称文潜澹于荣利,顾义自守,而其为《柯山赋》亦曰:‘逾山而东,席门草藩。图书满家,儿稚饥寒。寄万事于一笑,忘食粝而衣单。’文潜之于潜也,可谓有其德矣。”吴之振、吕留良、吴自牧《宋诗钞》称张耒诗“酝藉闲远,别有神韵。乐府、古诗,用意古雅,亦《长庆》为多耳。子瞻谓秦得吾工,张得吾易,谩相压也,要在秦、晁以上”。潘德舆《养一斋诗话》卷五:“张文潜、秦少游并称,而秦之风骨不逮张也。”侯廷铨《宋诗选粹》卷首:“张宛丘出大苏之门,而纵横驰骤,锻炼一归于自然,直可与苏、黄鼎足。”

现代学者对张耒的诗歌艺术成就给予充分的肯定。钱锺书先生《谈艺录》云:“苏门诸子中,张文潜七律最格宽语秀,有唐人风。”他的《宋诗选注》收录张耒十首诗,并称“在苏门里,他的作品最富于关怀人民的内容,风格也最不做作装饰,很平易舒坦”。程千帆先生认为张耒的“绝句诗写得很有韵味,在艺术上较为成熟”(《两宋文学史》)。张鸣先生《宋诗选》说张耒“最拿手的是绝句,自然流丽,词浅意深,看似随手拈来,却能于不经意之中写出风致情韵”。莫砺锋先生在《张耒诗歌三问》中指出,张耒诗所涉及的社会现实比苏诗更加广泛,青胜于蓝;张耒的诗学观念与《诗大序》《诗品序》等传统诗论一脉相承,更加强调抒发内心情思,常见的诗歌主题一是目耳所及之风物景象,二是亲身所历之生活情状;古乐府歌诗的数量超过二苏及其门下士,首屈一指;张耒诗风比较接近苏轼诗风,更加自然质朴,在苏门诸君中的地位当在黄、陈之间。如此鞭辟入里,解疑释惑,令人信服。

平易自然是张耒诗歌特出的艺术风貌,最为人诟病的则是粗疏草率。朱熹说“张文潜诗只一笔写去,重意重字皆不问,然好处亦是绝好”,“张文潜软郎当,他所作诗,前四五句好,后数句胡乱填满,只是平仄韵耳”(《朱子语类》)。钱锺书先生指出张耒的诗“词意每每复出叠见,风格也写意随便得近乎不耐烦,流于草率”(《宋诗选注》)。莫砺锋先生针对上述指责逐一验证,究其原委,这与张耒秉持的“满心而发,肆口而成”(《贺方回乐府序》)的写作态度有关,并称“张耒诗在总体上未能避免粗疏草率之病,非不能也,乃不为也”(《张耒诗歌三问》)。诚然,张耒存世诗两千一百余首,兼备众体,非精于此道者不能作。他说:“诗者,虽一人之私意,而要之必发于诚而后作……宣所乐所怨之文也。”自知“我身为文章,与众常不偶。出其所为诗,不笑即嘲诟”(《寄答参寥五首》),却直言“区区为对偶,此格最污下”(《与友人论文因以诗投之》),“以声律作诗,其末流也,而唐至今谨守之。独鲁直一扫古今,直出胸臆,破弃声律,作五七言,如金石未作,钟声和鸣,浑然天成,有言外意”(《王直方诗话》)。亲当矢石,义无反顾,孟子曰“虽千万人吾往矣”。

缪钺先生《论宋诗》说:“宋诗之有苏黄,犹唐诗之有李杜。元祐以后,诗人迭起,不出苏黄二家。”张耒何其幸哉!师苏友黄,论诗谈艺,亲炙面命,如鱼得水。

四、“简册汗青今俱在”

张耒著籍苏门,秉笔史馆,入侍禁垣,元祐中声名鹊起,“一文一诗出,人争传诵之”。谪居黄州,官曹寂寞,开始编次文集。今天所知者,《鸿轩集》,卷数不详,收居复州时之作;《柯山集》十卷,收居黄州时之作。宋徽宗崇宁二年(1103)四月,诏令三苏、黄、张、晁、秦及马涓文集等印板悉行焚毁。

南宋初年,苏门诸子的名誉得以恢复,张耒的诗文集渐次刊刻流传。计有汪藻编《张龙图集》三十卷,张表臣编《张右史集》七十卷,井度编、周紫芝补《谯郡先生集》一百卷。另据宋人书目著录有《柯山集》一百卷,《宛丘集》七十卷,年谱一卷,蜀本七十五卷。遗憾的是,宋本均已散佚无存。

流传至今的明清民国刊、钞本张耒诗文集,因编刻时地不同、传录源流有别,“卷数最为参差”(傅增湘跋语)。兹举要如次:

(一)《张文潜文集》,十三卷,二册,明嘉靖刻本。郝梁,号龙渠子,选刻宋集本，有文无诗。王重民《中国善本书提要》著录。中国国家图书馆藏有六部。

（二）《宛丘先生文集》，七十六卷，明谢氏小草斋钞本，残存六十三卷，缺三十八至五十卷，目录二卷，《四库全书》著录本，此残本现藏美国国会图书馆。清康熙吕无隐钞本，卷帙完整，一至三卷，赋三十二首；四至二十一卷，古诗七百一十八首；二十二至三十三卷，律诗五百八十二首；三十四至四十二卷，绝句六百八十四首；四十三至四十五卷，古乐府歌诗七十二首；四十六卷，骚十一首；四十七卷，哀挽四十二首；四十八卷，表状十五篇；四十九卷，启十三篇；五十卷，文三十一篇；五十一卷，赞铭偈疏十三篇；五十二至五十三卷，题跋三十二篇；五十四至五十五卷，记十八篇；五十六卷，序十四篇；五十七卷，议说二十二篇；五十八至六十五卷，论六十篇；六十六至六十七卷，书十六篇；六十八至七十卷，墓志十九篇、传二篇；七十一至七十六卷，同文唱和二百二十二首。此钞本现藏中国国家图书馆。

（三）《张右史文集》，六十卷，一至三十卷补配清钞的明钞残本，十二册；清雍正七年(1729)谢浦泰钞校本，补遗七卷，十二册；东郡杨氏海源阁藏清钞本，二十册。另有清代翁心存校跋的明钞本，六十五卷，十六册。

（四）《柯山集》，五十卷，包括《四库全书》本、武英殿聚珍本、福建本（闽本）、广东本（粤本，即广雅书局本）、商务印书馆《丛书集成》本。

此外，有《宛丘集》七十卷、《柯山集补》十二卷、《宛丘先生文粹》二十二卷、《宛丘诗钞》一卷、《宛丘集补钞》一卷、《宛丘诗集》一卷、《宛丘题跋》一卷、《柯山诗余》一卷、《明道杂志》一卷、《诗说》一卷、《竹夫人传》一卷、《柯山词》等。

目前通行的是中华书局1990年版李逸安、孙通海、傅信点校的《张耒集》繁体竖排本，采用民国十八年(1929)田敏璠据段藏广雅书局刊印的《柯山集》为底本，参校多种版本，苴漏补罅，校勘详瞻。然而，满足一般文史爱好者需求的普及读本尚付阙如。惟其如此，笔者以“周口历史文化典籍丛书”出版为契机，编辑《宛丘先生诗选》，以飨读者。

首先，选择卷数最多、体例完备的中国国家图书馆藏清康熙吕无隐钞本《宛丘先生文集》为蓝本，遴选与陈州相关相近抑或历代学者评点的诗歌三百六十余首，依类分为陈州、亲情、赠答、纪行、岁时、田园、悯农、饮酒、杂俎九章，每章（岁时除外）诗歌按绝句、律诗、古诗、乐府歌诗的顺次排序。附录苏门师弟子寄赠张耒的诗文和《宋史》张耒传、张耒寓陈年表。

其次，每章起首是导读短语，下列本章选诗。每首诗下缀以简明题解，介绍本诗创作的时间和背景，对于诗题中涉及的地名、人物、节令以及名物等略加诠释或延伸阅读；择要征引张耒或他人同题、同类诗句，甚至移录大家的品鉴文字，以帮助读者领会诗歌意旨。

再次，张耒传世诗文甚富，版本鱼龙混杂，吕无隐手钞本《宛丘先生文集》笔误较多，笔者主要参校民国十八年刊本《柯山集》（简称民国本），以及《宋文鉴》《坡门酬唱集》《古今岁时杂咏》《全芳备祖》《侯鲭录》《宋诗钞》等第一手资料，遇有底本与他本出现异文时，不擅自臆改，只注明某字（句）某本作某；底本明显舛误者，改正并注某字（句）原作某，据某本改；底本脱字或字迹模糊莫辨者，择善本补足。至于诗文中的史实、典故和词义，读者俯仰可拾，则不予注释，力求为读者提供一个简洁实用的选本。

最后，杂俎一章，收录张耒词六首、乐府歌诗五题，其余是与陈州有关的赋、文、铭、记、题跋六篇，以及《上文潞公献所著诗书》《祭秦少游文》《晁无咎墓志铭》，基本涵盖了张耒创作的不同文学体裁，有裨于读者更加全面地了解张耒和陈州的渊源及其文学艺术成就。

“诗歌的世界是无边无际的”，钱锺书先生《宋诗选注》序言如是说。钱夫子以不世之才可以在无边无际的诗歌世界中自由翱翔，鲁钝如我，才疏学浅，不谙诗学门径，率尔操觚，旬月而就，实在自不量力。在选诗分类、题解注释过程中，笔者尽量汲取前贤时修的学术成果，尤其是中华书局点校本《张耒集》暨崔铭女史的《张耒年谱及作品编年》，旁征博引，辨析精审，琳琅满目，惠我良多，然而，掩卷茫然，徒增汗颜，讹脱衍倒，所在多有，敬祈贤达不吝赐教！并颂乡梓父老福寿康宁！

时维 2022 年 12 月，新冠肆虐华夏，急就于京师衡门之下

目　录
CONTENTS

一、陈州

人文始祖太昊伏羲氏仰观俯察，肇居宛丘；炎帝神农氏继太昊之墟而都之，因称为陈。周武王封妫满建立陈国，谥号陈胡公。陈国历二十世五百六十八年，老子《道德经》泽被天下，《诗经·陈风》千古传诵。公元前478年，陈国灭于楚，公元前278年，楚顷襄王自郢徙都于陈城。秦灭楚国，以陈地处淮水之北，更名淮阳。秦置淮阳郡，汉置淮阳国。三国魏太和六年（232），以陈四县改封东阿王曹植为陈王，卒谥曰思，故称陈思王。自南北朝以降，置郡设州，兴废不一。迨至赵宋立国，定都汴京，以陈、曹、许、滑、郑州为辅郡，陈州人杰地灵，舟车骈会，为“辅郡之雄”（《明道杂志》）。

张耒自小常随母亲住在宛丘外祖家，十八岁从陈州教授苏辙学，得入苏轼门下。二十岁进士及第，自陈州出发赴任临淮主簿，历寿安尉、咸平丞。以太学博士入京，居馆八年，擢起居舍人，以直龙图阁知润州。坐元祐党籍，徙知宣州。宋哲宗绍圣三年（1096），罢宣州任，寓居宛丘南门灵通禅院，翌年迁居西门孝悌坊。谪监黄州酒税，徙居复州。宋哲宗元符三年（1100），徽宗即位，起判黄州，知兖州，召为太常少卿，甫数月，出知颍州、汝州。宋徽宗崇宁元年（1102），复坐党籍落职，主管明道宫，闲居宛丘。同年七月，因在颍州时为苏轼辞世出俸荐悼，责授房州别驾，黄州安置。崇宁五年（1106），诏许任便居住，遂定居陈州。宋徽宗政和二年（1112），自孝悌坊移至冠盖孙氏第。政和四年（1114）病逝于宛丘，享年六十一岁。在张耒的人生长河中，陈州是起飞梦想的地方，又是安顿心灵的港湾，洵非其他任何一个地方可以比拟的。

张耒笔端的陈州，历史悠久，人文荟萃，“千里垂精帝道尊，神祠近止国西门。风摇广殿松杉老，雨入修廊羽卫昏”（《谒太昊祠》）；“西瞻太昊祠千树，北望封君土一丘。倦客登临一长望，春心容易起骚愁”（《登城隍庙》）；“诸佛苍然照殿楹，圆光明满自然灯。千年遗事无人问，馆后高眠久属僧”（《厄台寺三绝》）；“灵通禅刹古丛林，永日惟闻钟梵音。阅世兴亡千室佛，百年风雨古墙金”（《春日怀淮阳六绝》）。

张耒笔端的陈州，姚黄魏紫，群芳竞发，“此邦花时人若狂”。“淮阳牡丹花，盛不数京洛。姚黄一枝开，众艳气如削”（《与潘仲达二首》）；“城中万枝木芍药，姚黄一萼得春多。日日踏春浑坐此，人间无醉奈渠何”（《春日怀淮阳六绝》）；“春雨萧萧江上城，论花与子酒同倾。恨君未到淮阳市，一见姚黄慰此生”（《生日赠潘郎》）。

这是一片神奇的土地，物产丰美，“西风雁新兔，鱼鳖亦易求。谷穗如垂珠，松林风飕飕”（《淮阳》）；商贾云集，“桥上垂杨系马嘶，桥头船尾插红旗”（《北桥送客》），“大艑舸舣何处客，樯竿西北是神州”（《春日忆淮阳六绝》）；土风朴厚，“故人遗我酒，气味芳以清。置之屋壁间，兴至时一倾”，“任王二君真解事，走致两盘红紫烂”；贫闲自适，“衡茅三亩居，无客门常关。早眠而起晏，永日或不冠”（《寓陈杂诗十首》）；畦如棋枰，“灵通寺前老圃，畦蔬想见如云。谋拙嗟予飘泊，归来与尔知闻”；梦寐萦怀，“梦到城西古濠水，倚天高柳万黄金”（《梦游陈州柳湖觉而作》），“颇怪故山频入梦，年来真厌楚人餐”（《局中昼睡》）。所以说，张耒赦归自愿终老是乡。

“风波历尽还故郡，此愿谁能辄先满。”张耒晚年寓居陈州，“投闲困苦，口不言贫，晚节愈厉”（黄宗羲《宋元学案》卷九十九）。二苏公及黄庭坚、秦观、晁补之、陈师道诸弟子相继弃世，惟有张耒岿然独存。“文潜教人作文，必以理为主。士子载酒问奇者甚众，则居然一苏门先觉矣。”（陈继儒《苏门六君子文粹》卷首）

本章选诗七十一首。

春日怀淮阳六绝[①]

西城门外古壕清，太昊祠前春草生。
早晚粗酬身计了，长为闲客此间行。

灵通禅刹古丛林，永日惟闻钟梵音。
阅世兴亡千室佛，百年风雨古墙金[②]。

最爱南城汲井园，春来蔬甲不胜繁。
人家断处无鸡犬，迟日东风似古原。

黄巢寨南琵琶沟，古原芳草静春流。
大艑舸舣何处客，樯竿西北是神州。

莽莽郊原带古丘，渐渐陇麦散羊牛。
杏花杨柳春浓处，一片青帘慰客愁[③]。

城中万枝木芍药，姚黄一萼得春多。
日日踏春浑坐此，人间无醉奈渠何！

①这一组六首绝句写于张耒谪监黄州酒税的次年春天，即宋哲宗元符元年（1098）。时年四十五岁的张耒羁旅千里之外，一怀客愁难释，春序正暄，神驰淮阳故园，太昊祠、灵通院、汲井园、黄巢寨、琵琶沟、城南堤……如在目前，遥忆陇麦芃芃，杨柳依依，姚黄魏紫，百花竞发，不禁发出“日日踏春浑坐此，人间无醉奈渠何”的思归之叹。《宋诗钞》《淮宁县志》均收录此诗。淮阳，郡名，属京西北路。《元丰九域志》卷一：“上，陈州，淮阳郡，镇安军节度，治宛丘县。”

②原注："灵通院，石晋末所创，有千佛殿，壁绘用金。"
③原注："城南堤。"

偶　成[1]

须知庖手有真如，合遣轮人笑读书。
拥褐蒲团深闭目，老人于此有工夫。

①此诗写于宋徽宗大观二年（1108）张耒寓居陈州之后。作者具有多维人格理想，倾向于儒、释、道三者的圆融和会，主张"儒佛故应同是道，诗书本自不妨禅"（《赠僧介然》），晚年贫闲有余，常常面壁静修。《岁暮即事寄子由先生》中"老去深依佛，年衰更嗜书"的诗句仿佛为这首诗加了注脚。

寄陈州朱教授三首[1]

殷勤寄语朱夫子，僧舍花前亦举觞。
学舍萧条官职冷，不知谁与戴姚黄？

欲晓山禽百种鸣，最怜哑咤是雏莺。
遥想西湖烟柳色，深春风露水边声。

春雨江干不肯晴，大江栎岸转雷霆。
山头方丈浑无事，扫地焚香看佛经。

①宋哲宗绍圣四年（1097）闰二月，张耒谪监黄州酒税，自宛丘出发，三月抵黄州（今湖北黄冈），栖身僧舍，乃赋诗寄赠友人。朱教授，失

载于《陈州志》《淮宁县志》，生平不详。或时任陈州教授，张耒离陈前尝共游淮阳城西柳湖。

赴官咸平蔡河阻水泊舟宛丘皇华亭下三首①

怒河凭雨正奔流，踏跕卑梁滞去舟。
淹泊我生应有定，不须归怨一污沟。

袅袅悲蝉古柳风，水边幽草已鸣蛩。
长河未放羲和宿，却泛斜阳更向东。

夜空如鉴碧新磨，倒影疏星乱素波。
天色水光无别处，为君垂手揽银河。

①此诗写于宋神宗元丰七年（1084）秋赴咸平丞任途中，张耒时年三十一岁。咸平县属东京开封府，《元丰九域志》卷一："畿，咸平，京东南九十里，四乡，有牛首城、裘亭。"据顺治本《陈州志》记载，蔡河即惠民河，自汴京东南流至州城西北五十里明马集西入境；宋神宗熙宁八年（1075）六月，疏汴水、蔡河以通漕；宋哲宗元祐四年（1089）六月，分蔡河之水由颍寿入淮河，得舟楫之利。皇华亭，今废，其址不详。

摘芙蓉①

今年古寺摘芙蓉，憔悴真成泽畔翁。
聊把一枝闲照酒，明年何处对霜红。

①宋哲宗绍圣三年（1096）仲春，四十三岁的张耒罢宣州知州，北上入京，得官管勾明道宫，秋抵陈州，寄居宛丘南门灵通禅院西堂，亦即诗中古寺。南宋人宋景沂将此诗辑入《全芳备祖·花部》。芙蓉，即木芙蓉，又名拒霜花。苏轼有“千林扫作一番黄，只有芙蓉独自芳”的诗句。

厄台寺三绝①

诸佛苍然照殿楹，圆光明满自然灯。
千年遗事无人问，馆后高眠久属僧。

峨嵋前约已成空，风雨萧萧送暮钟。
何用忘饥②来问话，不如松下谒痴龙。

世味嗟余淡莫加，更将诗句寄烟霞。
自怜落笔无好字，不及扬州王谢家。

①这三首诗为张耒晚年寓居陈州时所作。顺治本《陈州志》卷一：“厄台，在州城外西南隅，世传为孔子绝粮处。”曾巩著有《厄台记》。庄绰《鸡肋编》卷上：“陈州城外有厄台寺，乃夫子绝粮之地。今其中有‘一字王佛’，云是孔子像。旧榜是文宣王，因风雨洗剥，但存‘一宣王’，而释子附会为‘一字王’也。其侍者冠服犹是颜渊之状。如杜甫之作‘杜十姨’，天下如是者，盖不可胜数。”
②忘饥：民国本作“忘机”。

自遣四首[①]

是非得失一区区，蚊蚋啾啾共一壶。
不学退之求羽翼，惟凭一梦到华胥。

谁云造化本无情，利害乘除[②]理甚平。
莫逐众情生愠喜，君看三四孰亏盈。

谁云至理宗无相，大道由来万法兼。
且以声音为佛事，晓敲清磬诵《华严》。

浮世荣枯理易观，不劳重取朽龟钻。
直应桃李繁华日，便把荆榛寂寞看。

①这是张耒晚年寓陈之作。张耒以文字为诗，反复阐明浮世荣枯，梦幻泡影；利害得失，不计亏盈；大道至理，依佛诵经。
②乘除：原作“垂陈”，据民国本改。

寓淮阳驿二首[①]

一庭秋色高堂夜，半壁灯光短幌凉。
都是去年秋气味，谁知飘泊古淮阳。

悠扬短日下西墙，庭叶吟风作夕凉。
客枕甚安无一事，邻鸡不用唤朝阳。

①宋哲宗绍圣三年（1096）秋，张耒离京返陈，初寓淮阳驿站，赋诗感怀。据《宋史·文同传》记载，苏轼从表兄文同，以画竹名世，“元丰初，知湖州，明年，至陈州宛丘驿，忽留不行，沐浴衣冠，正坐而卒”。《淮宁县志》亦载录此事，距张耒寓淮阳驿不过十七年。

殷　浩①

田野高风过有莘，庙堂经画竟无闻。
固应竹马思元子，江左兴亡不在君。

①这是一首咏史诗，创作时间不详。殷浩是陈郡长平（今河南西华）人，因附于此。千百年来，殷浩清谈误国几成定谳，而张耒不以为然。一代枭雄桓温（字元子）在殷浩被废为庶人后，不无得意地对别人说：“少时吾与浩共骑竹马，我弃去，浩辄取之，故当出我下也。”（《晋书·殷浩传》）张耒借用历史典故为殷浩翻案，指出素有逆心的桓温才是断送偏安江左的晋室命途的元凶。殷浩（303—356），字渊源，识度清远，尤善玄言，早年称疾隐居近十年。后受会稽王司马昱征召，拜建武将军、扬州刺史，参综朝权，以制衡大司马桓温。王羲之私下劝说殷浩与桓温和解，殷浩没有听从。东晋穆帝永和八年（352），后赵皇帝石虎病死，殷浩奉命北伐，兵败而归。桓温上表弹劾，坐罪废为庶人，流放于东阳郡信安县。殷浩口无怨言，谈咏不辍，只是整天在空中手写“咄咄怪事”四个大字。永和十二年（356），殷浩郁郁而终。属吏顾悦之（顾恺之之父）上疏为殷浩辩护，朝廷诏令追复原官。

寺西闲步①

闾里静无事，野塘春水生。好风时独立，芳草共闲行。

闰月迟春候，轻阴弄晚晴。邻炊烟火动，下舍晚鸡鸣。

①宋哲宗绍圣四年（1097）闰二月，轻阴晚晴，寓居宛丘南门灵通禅院西堂的张耒信步出寺，只见芳草萋萋，炊烟袅袅，惠风和畅，鸡鸣相闻，闲适之至，诗兴益健。

蔡河涨二首[①]

长河秋雨涨，极目漫难分。潢潦虽无自[②]，龟鱼恐有神。
天宽垂鉴影，风细起龙鳞。老去扁舟兴，临流欲问津。

浑浑虽未已，浩浩竟东归。阔处长天近，澄边一鸟飞。
西风疏苇乱，斜日远村微。淹泊从吾道，扁舟伴钓矶。

①宋徽宗崇宁元年（1102）五月，四十九岁的张耒坐党籍落职，罢知汝州，主管亳州明道宫。七月，因其知颍州时闻苏轼身亡，出己俸致哀，缟素而哭，遭言者以“败俗乱常”纠弹，遂自管勾亳州明道宫责授房州别驾，黄州安置。即将放逐远行，面对浑浑浩浩的蔡河，不禁怅然，诚可谓“时运不齐，命途多舛”。《宋诗钞》题作《蔡河涨》，仅录第二首。

②无自：原作“无日”，据民国本改。

初秋对雨[①]

闭户理残编，疏慵得自便。朝凉清病思，秋雨对高眠。
屋冷深藏燕，槐疏湿抱蝉。所欣堂下菊，芳意已鲜鲜。

①“绍圣丙子，得官明道，寓居宛丘，职闲无事，终日杜门”（《次韵渊明饮酒诗》序）；“耒向罢宣州，到京蒙除管勾明道宫，寻便居陈，仅半年余，卬颇优游”（《节孝先生文集》附录《张宛丘帖》）。这两条文献记载与本诗首联的意象契合，由此可见，此诗当作于宋哲宗绍圣三年（1096）秋，张耒时寓宛丘南门灵通禅院。

从黄仲闵求友于泉[1]

炎暑战已定，清秋当抗衡。碧云生雁思，幽草见蛩情。
晒麦村墟静，观书枕簟清。谁能酌玄酒，来破屈原醒[2]。

①这是张耒晚年寓陈之作。黄仲闵，陈州人，为黄好谦孙、黄寔子。黄寔，字师是，张耒的陈州同学，宋神宗熙宁六年（1073）进士，历司农主簿，提点梓州路、两浙刑狱，京东、河北转运副使，江、淮发运副使，除太仆卿，官至宝文阁待制。知瀛州，徙定州，卒于官，赠龙图阁直学士。其二女嫁与苏辙二子苏适、苏逊。与苏轼友善，苏轼有《送黄师是赴两浙宪》诗。友于泉，在州城东南十三里，井水甘洌，驾部郎中黄好谦卜葬其亲，泉遗子孙。泉址志书失载，张耒有《淮阳郡黄氏友于泉铭》传世。

②原注：“借韵。”

离宛丘斗门[1]

樯乌映高柳，晚泊近晴川。野日离烟树，风霜断夕天。
牛羊知别堑，灯火认邻船。独客归何晚，平芜远更连。
孤城飞鸟外，春水片帆前。萧瑟孤征恨，更深独未眠。

①此诗写于宋哲宗元祐元年（1086）仲春。张耒受亳州知州晁端彦（字美叔）之聘，改官亳州教授。出京赴任，途经陈州，因私干居停十数日，自宛丘斗门乘舟东下时写下了这首诗。斗门，古代堤堰河渠上设置的水闸。《宋史·河渠志》记载，“其分水河，量其远迩，作为斗门，启闭随时，务乎均济”。陈州地势低洼，久雨积潦，水患频仍。宋熙宁、元祐年间，多次疏通河渠故道，开浚八丈沟，分蔡水自为一支入淮。宛丘斗门或在八丈沟，姑附于此备考。

岁暮即事寄子由先生①

岁暮淮阳客，贫闲两有余。朝昏面壁坐，风雪闭门居。
老去深依佛，年衰更嗜书。未能忘素业，聊用慰穷途。
下里皆贫屋，开门即古墟。鸡豚来近舍，春汲赖邻夫。
雪压移来竹，霜萎自种蔬。乌皮蒙燕几，褐帽裹僧颀。
肉似闻《韶》客，斋如持律徒。女寒愁粉黛，男窘补衣裾。
已病药三暴，辞贫饭一盂。长瓶卧墙角，短褐倒天吴。
宵寐衾铺铁，晨炊米数珠。木镵②随杜胫，葛制暖韩③躯。
时命今如此，功名已矣乎。谈愁风射马，拙待兔逢株。
久慕真乘④乐，深谙梦境虚。谁怜九顿首，正有一长吁。
瞻望身空老，苍茫岁欲除。何当闻妙诲，黥刖待完肤。

①这首诗创作时间多有歧义，大致有早年（熙宁四年）说、中年说和晚年说三种，没有异议的是创作地点——陈州。从诗中描述的朝昏面壁的老态、穷愁困顿的窘境看来，本诗应写于宋徽宗大观二年（1108）年底至政和元年（1111）岁暮之间。苏辙卒于政和二年（1112）十月，未见对此诗的酬答唱和，师生二人的文字交往或终结于此诗。

②木镵：原作“火梚”，《宋诗钞》作“大梚”，据民国本改。

③韩：原作“寒”，据民国本改。

④真乘：民国本作“香城”。

北桥送客[①]

桥上垂杨系马嘶，桥头船尾插红旗[②]。
船来船去知多少，桥北桥南长别离。
亭上几倾行客酒，游人自唱少年辞。
百年回首皆陈迹，浮世飘零亦可悲。

①这是张耒晚年寓陈之作。《太平寰宇记》卷十：“陈州州城，枕蔡水，周回三十里。”蔡水即蔡河，由城北大折而东南。北桥，即城北蔡河桥。诗中意象可见当年淮阳商贾云集、人物辐辏的市景风貌。以诗酒相送的北桥让人联想到古代长安折柳赠别的灞桥。清代大才子、《四库全书》总纂官纪昀（字晓岚）称此诗“本色老健，前四句恣逸特甚，然不是率笔，故佳。六句好在对面落墨，感慨殊深”（《瀛奎律髓汇评》卷二十四）。

②红旗：民国本作“青旗”。

题堂下桐[①]

零落当轩两树桐，秋来相伴一衰翁。
寒枝向月空余影，陨叶知时不待风。
故国山川天黯淡，美人音信雁西东。
岁华节物俱寥落，满眼牢愁赖酒攻。

①这是张耒晚年寓陈之作。与桐为伴，感物伤怀，岁华易逝，以酒攻愁。张耒还有一首以《夜坐》为题的七言绝句，每每为人称道，诗云：“庭

户无人秋月明，夜霜欲落气先清。梧桐真不甘衰谢，数叶迎风尚有声。”静夜独坐，从数片桐叶不甘在寒风中凋零，感悟到生命的律动，咏物言志，寄意深远。

四月二十日书二首①

十步荒园亦懒窥，枕书小醉睡移时。
健如黄犊时无几，钝似寒蝇老自知。
休惜飞驰春过眼，但求强健酒盈卮。
枇杷着子红榴绽，正是清和未暑时。

久将醉眼视群儿，只与旁观作笑嘻。
赋芋狙公曾未悟，牵丝木偶几多时。
云间炎景人方畏，地下微阴谁得知。
荣谢古今同此理，老翁端坐但忘机。

①这是张耒晚年寓陈之作。清和未暑时节，红榴初绽，卮酒微醺，枕书高卧，陶然忘机。醉眼旁观，一群无知小儿追名逐利、逞凶肆虐到何时！

七月十五日希古生日以诗为寿①

苍头②白发老祠官，邂逅淮阳一笑欢。
且可鲸吞卮满酒，行看鹗立豸犎冠。
寿觞满对秋风举，生日欣逢伏暑阑。
阅世祝公松柏寿，从来霜雪不能寒。

①宋徽宗大观二年（1108）七月十五日，张耒的同年进士常安民生日，

以诗祝寿。常安民（1049—1118），字希古，四川邛州人，宋神宗熙宁六年（1073）进士，历太常博士，改宗正丞，拜监察御史。以直受诬，谪监滁州酒税，蔡京用事，寻窜党籍。晚年流寓陈州，与张耒结邻，饮酒赋诗，欢愉无间。

②苍头：民国本作“苍颜”。

登城隍庙[①]

灵祠孤绝压城头，下瞰清濠一曲流。
尽日风埃昏几席，有时箫鼓祭春秋。
西瞻太昊祠千树，北望封君土一丘。
倦客登临一长望，春心容易起骚愁。

①此诗创作年代不详，崔铭《张耒年谱及作品编年》断为宋神宗元丰年间（1078—1085），果如是，或写于元丰七年（1084）春天。元丰六年（1083）张耒罢寿安尉，闲居洛阳，是年秋，自洛阳至陈州，第二年春离陈东走淮南。顺治本《陈州志》卷十：“城隍庙，在州治西南。”

谒太昊祠[①]

千里垂精帝道尊，神祠近止[②]国西门。
风摇广殿松杉老，雨入修廊羽卫昏。
日落狐狸号草莽，年丰父老荐鸡豚。
旧游零落今谁在，尘壁苍茫字半存。

①此诗创作年代不详。据顺治本《陈州志》记载，太昊陵在州城北三里许。唐太宗贞观四年（630），始禁民刍牧。宋太祖建隆四年（963），

诏立陵庙，置五户守陵；宋太祖开宝九年（976），命修祠庙；宋徽宗政和二年（1112），制定新仪，春秋享太昊，以金提、句芒配祀。《陈州志》《淮宁县志》俱录此诗，题作《太昊遗墟》。

②止：民国本作“正”，《初白庵诗评》卷下《瀛奎律髓》作“在”，并注“太昊祠在陈州，故云‘国西门’”。

苦　雨①

春浅天尚寒，雨多声入夜。幽人不出门，坐惜梅花谢。
庭竹未抽萌，酴醾将覆架。芳时喜病愈，浅酌供情话。
趋世剧曳牛，投闲如啖蔗。因逢老农谈，悔不初学稼。

①宋哲宗绍圣四年（1097）闰二月六日，朝廷诏令张耒落直龙图阁，添差监黄州酒税。从诗意上判断，此诗写于他接被谪书前。参见崔铭《张耒年谱及作品编年》。

雨　霁①

滞雨忽云霁，园林有清晖。时鸟亦和鸣，好风清且微。
远愧深山僧，趺坐掩禅扉。岂知芳菲歇，讵伤寒暑违。
一念与道寂，九旬淡无为。摄心探斯理，吾今其庶几。

①宋哲宗绍圣四年（1097）春，张耒在陈州，谪监黄州酒税，行将束装就道，雨收云霁，抚时感事，乃有此作。

淮　阳[①]

淮阳古帝墟，鄙夫少所游。最爱城西路，槐榆拱高秋。
城下古壕水，时[②]澄泓不流。嗟哉始封君，千古留一丘。
西风腥新兔，鱼鳖亦易求。谷穗如垂珠，松林风飕飕。
异乡仍谪官，一步九回头。何时守一廛？白首自锄耰。

①此诗写于张耒谪监黄州酒税，自宛丘赴黄州之际。从时间上，与《苦雨》《雨霁》是连续的。淮阳是古帝太昊之墟，神农故都，五谷丰登；河湖交错，鱼虾肥美。况且作者自少游学，及长投闲，亲朋故旧，情意款款；谪贬边荒之地，益显依依不舍。但愿早日归来，以躬耕终老一生。

②时：明抄本作“清”，民国本作“水”。

春　蔬[①]

苣甲如刀圭，蒌蒿未生叶。紫芥绿如指，芜菁苗过茁。
先生家四壁，食案稍罗列。芬芳芼姜芥，每彻有余啜。
公侯烹五鼎，一饱厨流血。神官计功罪，沉魄受阴杀。
先生饱扪腹，万事置[②]琐屑。载览《损益篇》，终古守斯说[③]。

①这首诗为张耒晚年寓陈之作。前八句罗列种种食蔬，后八句则借后汉仲长统《昌言·损益篇》感慨时事，抒发戒奢尚俭、除烦去苛，“下土无壅滞之士，国朝无专贵之人”的忧国情怀。

②置：民国本作“致”。

③自注：“此方谓莱条为录，疑非此录字。”

春雪二首[1]

春云骄不行，冻雨作飞雪。夜深归无烛，已觉马蹄滑。
那知事未已，通夕注不歇。堂寒晓附火，檐滴更清绝。
前者城东游，桃李粲已发。阴阳不可料，寒气晚犹泄。
青青高坡麦，田事日可阅。当春望时雨，雪盛或为孽。
生民常苦勤，不敢爱膏血。如何待一饱，常苦神物夺。
茫茫元精理，未易论本末。解裘换斗酒，莫畏衣百结。

天寒城南寺，门外无马迹。东风雪疾消，春泥深一尺。
岂无老款段，畏蹶不敢策。还归见儿女，怕冷不下席。
扬雄《玄》未就，双鬓飒已白。虽云客载酒，此意终岑寂。
功成则有命，生事亦人力。胡为不自勤，守此欲何获？
田桑既有裕，醪醴亦余溢。嗟哉好事客，从古百无一！

①这两首诗写于宋哲宗绍圣四年（1097）初春。张耒在前一年秋天由汴京回到陈州，住在宛丘南门灵通禅院西堂，虽有管勾明道宫之官，却职闲无事，吟诗读画之余，以饮酒为乐。翌年闰月，春候迟迟，风雪交加，寒气袭人。醉意醺然的“肥仙”，骑着一匹瘦马（老款段），夜黑泥深，踽踽而归。《宋诗钞》题作《春雪》，只录第二首。

秋日晒古城[1]

秋日晒古城，西风振尘埃。出门何所之，坏道连蒿莱。
飞鸣鸡犬稀，破屋枯壕隈。老圃理蔬畦，晚甲[2]瘦未开。
输人暮出城，栖鸦一一回。怅然心不怡，归坐劝一杯。

①此诗为张耒晚年寓陈之作。作者本想出门沐浴秋阳，不意赶上西风扬尘，惟见破屋荒草，老圃瘦甲，昏鸦归巢，劳劳生民，于是怅然归家，以酒舒解愁肠。

②晚甲：原作“脱甲”，据《宋诗钞》改。

夜初凉[1]

庭木舞风雨，清秋来我堂。衾裯偃宵寐，灯火照新凉。
昔我来清颍，庭花有晚芳。坐看桐叶暗，已近菊枝黄。
岁月忽流驶，形骸变老苍。淹留应有命，通塞讵能量。
寂历年华晚，优游永日长。忧时非我事，黄卷有虞唐。

①民国本题作《初凉》。这首诗作于宋徽宗大观二年（1108）秋，同年三月，张耒抵达陈州时，庭花正开，转眼已是清秋菊黄。岁月不居，时节如流，有黄卷青灯为伴，优哉游哉。

见黄仲达感秋意作篇[1]

秋风吹衡茅，寂历如荒村。独立无与语，悲虫鸣草根。
老木经疾风，枝叶仅得存。疏荫不满地，白日耿当轩。
北城有黄仲，眸子清不浑。时能出秀句，宝铁雕玙璠。
念将舍我去，为吏国西原。荒凉古中牟，昼夜轮蹄奔。
青衫给吏役，怀恶未易论。强颜诡应接，有抱谁所言[2]。
从容来去间，无厌走黄昏[3]。

①民国本题作《见黄仲达感秋意》。宋徽宗崇宁四年（1105），张耒的陈

州同学、同科进士、宝文阁待制、定州知府黄寔卒于官，其子黄仲达护柩归里。两年后，张耒寓居陈州，守孝在家的黄仲达以父执事之。此诗写于黄仲达免丧赴官之时。

②所言：四库本作“能言”，民国本作“有言”。

③原注：“黄每相访，常以昏夜。”

初冬偶成[①]

清商忽已谢，环堵缅清冬。今晨起何早，肃气凄房栊。
繁霜凛欲结，霁雾迷长空。理畦晓蔬尽，收果高林空。
六年淮阳客，岁岁风景同。吁嗟吾老矣，抚事思无穷。

①宋徽宗政和三年（1113）初冬的一个清晨，繁霜结瓦，霁雾迷空，年届花甲的张耒早早起床，步履蹒跚地来到心仪的蔬园，一番打理劳作之后，忽生凄怆之感，嗟叹岁月蹉跎，往事不堪回首，不觉已经客居陈州六年。从“六年淮阳客”的诗句可以看出，这是现存张耒所有诗文中最为接近他生命终点的篇章，堪称绝唱。

冬日放言二首[①]

淮阳名都会，爽垲太昊墟。最爱西城道，汪汪数顷湖。
古木巢翠鸟，清濠见游鱼。幽居多不惬，怀我平生娱。

灵通古丛林，他日休吾车。出门循古城，荒圃畦寒蔬。
手种堂下花，颇已数尺余。何时揽其华，故人应念余[②]。

①此诗写于宋哲宗绍圣四年（1097）冬十月黄州贬所。原题《冬日放言

二十一首》，兹选怀念淮阳的两首。谪官江城，去国千里，清冬萧疏，放言咏怀。淮阳风物，信手拈来，我思故人，故人念我。

②余：民国本作“予”，两本互勘，所在多多，以下径改不注。

白乐天有渭上雨中独酌十余首效渊明，余寓宛丘，居多暇日，时屡秋雨，效白之作得三章云①

寒极则有暑，晦久则有明。开辟迄今兹，此理信可凭。
炎炎者易灭，巍巍者必倾。圣智无奈何，况此愚昏氓。
设机②以猎兽，切骨陷其膺。重势以镇物，悬绝压其肱。
纵使贲与育，力有不获呈。物情千万变，可尽得经营。
不如寂寞士，葛带而兰缨。无求复无忧，容貌甚和平。
况兹积雨余，秋气日姿清。悠然有佳兴，美酒时一倾。

罢官卧穷巷，值此云物秋③。连延经旬雨，城市欲行舟。
柱础变坳塘，瓦沟成暴流。萧然残暑退，寒事戒衣裘。
老人朝睡足，起坐梳白头。呼童饬晨餐，薪湿爨妇愁。
洗我朱提杯，不复具肴羞。一觞已径醉，万事良悠悠。

故人遗我酒，气味芳以清。置之屋壁间，兴至时一倾。
银杯度一合，三釂已彻觥。既免戒沉湎，且无忧病酲。
嵇阮愧令德，刘石无遐龄。荒狂有何乐？徒以酒自名。
吾幸免困此，庶几尽平生。

①诗题中“独酌”，民国本作“独乐”，“效”作“仿”，并无“云”字。宋徽宗崇宁元年（1102）五月，四十九岁的张耒坐党籍落职，由汝州知州改官管勾亳州明道宫。是年秋，寓居陈州，绵绵秋雨中赋诗抒怀。崔铭《张耒年谱及作品编年》：“张耒绍圣三年、崇宁元年、大观政和

年间，三度以官祠居陈州，绍圣三年寓居灵通禅院而非‘穷巷’，时年四十三岁，称‘老人’亦似不类；大观政和间，则由贬谪叙复为祠官，当不应自称‘罢官’，故系于是岁。”辨析甚明。

②设机：民国本作“设罗”。

③秋：民国本作“稠”。

四月望日自孝悌坊迁冠盖孙氏第[①]

青芜满古城，白日照大泽。街荒鸡犬闹，市远喧哄寂。
中有腾腾者，淮阳四年客。坐偷太仓粟，稳睡而饱食。
平生愿陈力，衰老困逼迫。何曾一可意，但有百无益。
偷安浅夫志，苟且志士惜。穷通有天理，誓不安苟得。
朱阳方肇序，春去无辙迹。怅此复几时，抚事三叹息。

①宋徽宗政和二年（1112）四月十五日，寓居淮阳四年、年近六旬的张耒从孝悌坊迁至冠盖孙氏第，欣然命笔，以诗寄怀。诗中既有饱食偷安的无奈感慨，又有不甘苟且的志士呐喊。陈州州城街巷原分二十坊，孝悌坊在西门街，明清时期改为平信坊。

寓陈杂诗十首[①]

传舍不可久，束装投新居。新居亦苟完，佳木颇扶疏。
洒扫寻丈地，琴书遣朝晡。风云中夜变，大雨如决渠。
落点若强箭，穿我老屋涂。中夜起明烛，移床护吾雏。
传闻北城隅，老弱堤上庐。官吏操畚锸，纷纷役千夫。
蚁漏或一决，城闉变江湖。吾衰也久矣，岂复惮为鱼？

昔记古甲子，商灭而周兴。如何雨此日，乃为霪雨征。
阴阳久乖张，此事颇有凭。岂天悔牧野，洗此漂杵腥。
旧雨水未干，洞房苔欲青。新雨虽霡霂[②]，欺我墙善崩。
虚堂就夕眠，永夜楸桐声。萧然秋气至，起觉巾屦轻。
怜我老病者，三伏困熏蒸。得凉且饱饭，何暇念秋成？

朝雨如棼丝，咫尺不相辨。俄然晨光漏，绀碧出天面。
天工易明晦，顷刻俄屡变。今朝事大定，云物卷组练。
客有北来说，蝝生被数县。谷穗无一粒，遗秆如立箭。
卑田成大泽，投种哀莫见。官人懵不知，犹喜输租办。
兴怀及鳏寡，犹愧吾饱饭。

唐有元相国，实杀颜平原[③]。平原腹有丹，尸解神已仙。
颜公死已矣，人见如生前。致令遗其像，委曲与人言。
相国死仓卒，秽袜塞其咽。家门随手破，但怪椒斛千。
颜公黄尘外，风节犹凛然。元子堕九幽，遗臭万世传。

清夜何晏晏，客眠亦复佳。邻钟唤我觉，咽咽闻城笳。
披衣行中庭，星汉已横斜。缺月挂西南，皎皎流清华。
莎鸡振其羽，蟋蟀旁悲嗟。悠哉岁已秋，日月如奔车。

开门无客来，永日不冠履。客至[④]我老懒，投刺辄复去。
端成两相忘，因得百无虑。故人在旁郡，书信不能屡。
兴哀东坡公，将掩郏山墓。不能往一恸，名义真有负。
可能金玉骨，亦遂黄壤腐。但恐已神仙，裂石终飞去。

疲马龁枯草，闭门苔藓深。闲坊居人少，秋日疏槐阴。
境寂心亦闲，萧然散巾襟。静中有深趣，因见至人心。
谷神古不死，兹理良可寻。无令儿辈觉，一抚无弦琴。

念昔为吏日，朝夕羡人闲。解印出公府，翛然若归山。
衡茅三亩居，无客门常关。早眠而起晏，永日或不冠。
故人远寄酒，为致一醉欢。我亦领其意，呼儿具杯盘。
长闲贫亦好，安用朱其轓。我生本蓬荜，久已儆饥寒。

我不知暑退，但觉衣汗干。颇怪庭中天，湛然青已宽。
有物叫草根，啾啾自相喧。问知已新秋，大火流金丸。
天工变寒暑，正尔事亦繁。静观付一笑，吾事宁相关。
但无[5]筋力健，悠然佳意还。喧喧憎邻里，砧杵乱人眠。

秦子死南海，旅骨还故墟。辛勤一生事，空得数编书。
琅琅巧言语，玉佩联琼琚。知者能几人，憎者颇有余。
书生事业薄，生世苦勤劬。持以待后世，何足润槁枯。
兴怀及平昔[6]，使我涕涟如。道路阻且长，悲哉违抚孤！

①宋徽宗建中靖国元年（1101）七月，苏轼病逝于常州，遵遗嘱翌年闰六月二十日葬于汝州郏城（今河南郏县）。依据“兴哀东坡公，将掩郏山墓”诗意，此诗当写于宋徽宗崇宁元年（1102）初秋。一组十首五言古诗，意象各异，互不关联，故名“杂诗”。大致说来，其一、其二、其三，写新居落成，秋雨连绵，州城内涝，千夫抢险，雨过天晴，蝗灾来袭，粮食绝收，民不聊生，而官人却懵懂无知地忙着征租课税；其四，歌颂风节凛然的颜真卿，鞭挞邪佞无耻的相国；其五、其六、其七、其八、其九，抒发超然物外、贫闲自适的幽雅情怀，“静中有深趣，因见至人心”，格物穷理的至诚追求；其五的后八句，表达了对苏轼的悲悼之情，想象即将入葬的尸骨已仙化飞升；其十，痛惜苏门兄弟秦观早逝，知音寥寥，书生命薄，客死南海，遗孤老弱，泣涕涟如，感人至深。《宋诗钞》选录其三、其六、其九、其十，计四首。

②霡霂：民国本作“霡霂”。

③王应麟《困学纪闻》卷十二："张文潜寓陈杂诗，言颜平原事，误以卢杞为元相国。"元相国即元载，与卢杞先后为相，构陷颜真卿。唐代宗大历十二年（777），元载被赐死。《新唐书·卢杞传》："李希烈反，杞素恶颜真卿挺正敢言，即令宣慰其军，卒为贼害。"颜真卿卒于唐德宗兴元元年（784）。

④客至：民国本作"客知"。

⑤但无：民国本作"但使"。

⑥平昔：民国本作"昔者"。

到陈午憩，小舍有任王二君子惠牡丹二盘，皆绝品也。是日风雨大寒，明日作此诗呈希古[①]

初来淮阳春已晚，下里数楹聊寝饭。
此邦花时人若狂，我初税驾游独懒。
任王二君真解事，走致[②]两盘红紫烂。
天姝国艳照蔀屋，持供佛像安敢慢。
江湖逢春岂无花，格顽色贱皆可拣。
誓观中州燕赵态，一洗千里穷荒眼。
风波历尽还故郡[③]，此愿谁能辄先满。
那知中夕忽凛烈，卧拥牛衣候天旦[④]。
名园泥淖安可入，坐惜残芳风雨散。
东邻夫子亦嗜酒，卧听午鸡方起盥。
晴明犹及一寓目，我老尚能挥大盏。

①宋徽宗大观二年（1108）季春三月，张耒携家眷自淮阴抵达陈州。午休时分，任、王二君冒雨送来两盆绝品牡丹，蓬荜增辉，感激莫名。第二天便作此诗献呈"东邻夫子"常安民。是月，朝廷诏除张耒罪籍，实现了"风波历尽还故郡"的夙愿。同时，展现了"此邦花时人若狂"

的鲜明形象。《宋诗钞》收录此诗。

②走致：民国本作“来致”。

③故郡：民国本作“故群”。

④候天旦：民国本作“眠失旦”。

北邻卖饼儿，每五鼓未旦，即绕街呼卖，虽大寒烈风不废，而时略不少差也。因为作诗，且有所警，示秬、秸[1]

城头月落霜如雪，楼头五更声欲绝。
捧盘出户歌一声，市楼东西人未行。
北风吹衣射我饼，不忧衣单忧饼冷。
业无高卑志当坚，男儿有求安得闲！

①这是张耒晚年寓陈之作。一个每天五更出门，沿街叫卖，在寒风中瑟瑟发抖的卖饼儿的形象呼之欲出。不惟是市井小民“不忧衣单忧饼冷”的生活写照，尾联“业无高卑志当坚，男儿有求安得闲”，更是寄托着作者对儿辈的殷切期盼。秬、秸是张耒两个儿子的名字。南宋吕祖谦将此诗编入《宋文鉴》。

波棱乃自坡陵国来，盖西域蔬也，甚能解面毒，余颇嗜之，因考本草为作此篇[1]

谁从西域移佳蔬，遍植中原葵苋俱。
清霜严雪冻不死，寒气愈盛方芳敷。
贯金锐箭脱秋竹，剪罗巧带飘华裾。
中含金气抱劲利，穿涤炎热清烦纡。
老人食贫贪易得，大釜日煮和甘腴。

饭炊香白煮饼滑，一饱尽钵无赢余。
空厨萧条烟火冷，可但食客歌无鱼。
男儿五鼎食固美，当念就镬还愁吁。

①这是张耒晚年寓陈之作。诗题原无“蔬”“能”二字，据民国本补入。在唐五代以前，诗高居象牙之塔，不食人间烟火。到了宋代，审美趋向“以俗为雅”，平凡琐屑的题材开始投入诗人的视野，俚字俗语渐次融进诗行之间，不独诗歌的表现形式丰富多样，而且更加贴近寻常百姓的现实生活。张耒一生仕途蹭蹬，谪徙无常，晚年寓居陈州，多病变衰，饥寒交迫，四时不绝的“波棱”便成为他笔下歌颂的美味佳肴。这首诗以散文化的笔调，描述波棱的舶来、种植、性能、烹制和食用方法，朴实无华，明白晓畅。据《新唐书》记载，唐太宗贞观二十一年(647)，泥婆罗（尼泊尔）遣使入献波棱、酢菜、浑提葱。波棱，即菠菜，又名波斯草、赤根菜、鹦鹉菜。苏轼《春菜》：“北方苦寒今未已，雪底波棱如铁甲。”清代袁枚《随园食单》中也有对菠菜的记载。坡陵国，即颇陵国，唐代称为波斯，是伊朗的古名。

送翟公巽赴中书舍人①

韩筋柳骨世不闻，翟公笔力回千钧。
十年声名满四海，淮阳邂逅双朱轮。
老翁空疏亦何有，察公于我意甚亲②。
高谈亹亹云汉上，一扫阘茸如灰尘。
夜光明月不计数，坐使衰弊生精神。
恨无金玉相报答，还家三叹嗟我贫。
青灯论文夜未分，晓闻门外送使君。
问君舍此去安往，紫皇诏归侍玉宸。
锋铓发硎断犀象，好为明主裁丝纶。

论思献纳乃其职，况公之意常在民。
追还三代旧风采，主以事实致此文。
圣君贤相有美意，笔端与物为阳春。

①宋徽宗政和二年（1112）秋，翟汝文复职出任陈州知州，翌年春正月，召拜中书舍人。翟氏离陈赴京之际，张耒以诗相赠。翟汝文（1076—1141），字公巽，润州丹阳人，宋哲宗元符三年（1100）进士，以亲老，登第十年不仕。官至参知政事。存世有《忠惠集》三十卷。张耒知润州，翟氏从游，遂成忘年之交。翟汝文知陈州，过从甚密，“欲为买公田，谢不取”（《宋史·张耒传》）。翟氏博雅好古，富藏石刻，工于书法，其《宣抚帖》收入《三希堂石渠宝笈法帖》。故此诗首联有“韩筋柳骨世不闻，翟公笔力回千钧”之誉。

②亲：民国本作“真”。

梦游陈州柳湖觉而作①

虎豹九关未敢望，里门旧游如可寻。
梦到城西古濠水，倚天高柳万黄金。
丛祠之南我旧圃，蔬甲若若春泥深。
睡觉啼禽自相问，经年他乡何滞淫。

①此诗写于宋哲宗元符元年（1098）春，民国本题作《梦游陈州柳河觉而作》。柳湖，在陈州城西北隅，以湖岸多柳，故名柳湖；湖内多植荷花，又名莲花池。苏辙任陈州教授，在湖中高丘筑室，人称子由读书亭，或曰苏湖亭。柳湖以柳阴夹岸，钓艇浮波，水鸟衔鱼，渔歌唱和而成陈州八景之“柳湖渔唱”；子由读书亭以水绕四围，澄波鉴影，白莲满湖，蕖叶翻风而成陈州八景之“苏亭莲舫”。滞淫黄州的张耒梦回陈州，思念故园之情跃然纸上。

乾明院门望江山怀淮阳城南步二首[①]

忆昨淮阳把酒，目前惟欠山林。
江上云岑千叠，何为特地愁心[②]。

厄台寺东野水，春来柳色鹅黄。
江上沧波似屋，蛟龙作恶难量。

①此诗写于宋徽宗崇宁二年（1103）春天。崇宁元年（1102）七月，张耒自管勾亳州明道宫责授房州别驾，黄州安置。九月初三日到黄州，寓居郡东佛舍——乾明寺。挨过漫漫寒冬，春回大地，张耒走出寂寂禅宫，红树修竹，鸟语花香，不经意间，柳色鹅黄、把酒言欢的淮阳城南旧事浮上心头。六言绝句，两联相对，时空交错，亦真亦幻，愁心千叠，江山阻隔。第一首三、四句，化用唐代张说《江上愁心赋》，言有尽而意无穷。民国本诗题中无“城”字，且前后二诗顺次颠倒。乾明院，即乾明寺。《黄州府志》：“乾明寺在黄冈县东南定惠院内，今废。”

②原注：“张说有《江上愁心赋》。”

二、亲情

张耒常年沉沦下僚，两度迁谪黄州，五十三岁赦罪放还，寻便定居陈州，六十一岁郁郁而终，一生穷愁不遇，时乖运蹇。然而，我们从他的诗作中发现，温馨的家庭生活、和睦的亲属关系是他不可或缺的心灵慰藉。

张耒一生两娶，都是贤淑温良的人生伴侣。结发妻子随其赴寿安四年，不幸于宋神宗元丰六年（1083）九月病逝。张耒作《悼逝》《悼亡九首》，诗句有“滴我眼中血，悲哉摧肺肝”，“失我同心人，抚事皆悲酸”。数年后，张耒过宋都，仍赋诗追怀亡妻，“十年孤客独沾襟”，可见夫妻情深。张耒续娶之妻更不遑多让，“从我奔驰走四方，清贫殊不厌糟糠”，“地炉炽薪炭，三酌对山妻”，“老妇寒不绩，当户理琵琶”，“老妻坐我傍，肴蔬屡炮煎。大胜刘伶妇，区区为酒钱”，“虽云官事简，不似在家安。晏晏妇子语，嬉嬉儿稚前”……

张耒是一位仁厚慈祥的父亲，“自惭老病心儿女，三日离家已念还”。从《堂前种二桃诗示秬秸》《北堂斋居示秬秸》《挂虎图于寝壁示秬秠》《园花盛开秬病不能观作诗谕之》《久阴忽晴作诗寄秬秸时二子沿干在阳翟镇》等诗题就可以看出张耒对儿辈的殷殷寄托。《阿几》一诗别开生面，在父子的对话中，流露出教儿读书的彷徨。不幸的是，据陆游《老学庵笔记》卷四记载：“文潜三子：秬、秸、和，皆中进士第。秬、秸在陈死于兵，和为陕府教官，归葬二兄，复遇盗见杀，文潜遂无后，可哀也。”

外祖李宗易素负雅望，“谈笑惟诗酒，交游尽老成”，对张耒的涵育熏陶不言而喻。舅父李君武以武举中第，谋养有方。张耒与表弟李公辅情同手足，赠诗勉其学富五车，踵武六子；答谢寄送蜂儿、木瓜和毛笔，款款深深，词近意远。

张耒自小得到姐夫杨补之的照拂，感情笃厚，宋哲宗元祐五年（1090）五月，杨补之赴鄂州支使任，赋诗送行，有“涕泪两家同患难，光阴一半属分离”句。杨补之不及六十而卒，张耒撰写墓志铭，以示哀悼。外甥杨克一工诗擅画，舅父张耒怜爱有加，以诗诫勖“饱读诗书取卿相，不应如我老无成”。

“平生亲友怀天末，谈笑妻儿在目前。”张耒敦亲睦族，与哥哥、女婿、连襟诸亲友的诗书往还，恕不赘言。

本章选诗五十二首。

堂前种二桃诗示秬秸[1]

平昔殷勤向物华，谁知憔悴客天涯。
双桃栽罢还惆怅，忆得淮阳旧种花。

①此诗大约写于宋哲宗元符年间，张耒谪居黄州时。程千帆先生认为张耒的“绝句诗写得很有韵味，在艺术上较为成熟”（《两宋文学史》）。这首诗平实自然，词浅意远。长子张秬、次子张秸随其迁谪南北，奉亲至孝。

秬移宛丘牡丹植圭窦斋前作二绝示秬秸和[1]

客木[2]辞家似旅人，栽培莫怪倍殷勤。
明年太昊城中色，来作齐安江上春。

千里相逢如故人，故栽庭下要相亲。
明年一笑东风里，山杏江桃不当春。

①宋徽宗崇宁元年（1102），张耒罪谪黄州，寄居乾明寺，按官府规定时间不得超过一年，转年即遣张秬、张秸二子修葺新屋，十月移居柯山，自号柯山居士，直至崇宁五年（1106）离开黄山。这两首绝句便是他寓居黄州柯山时所作。通过移栽淮阳牡丹，以物喻人，告诉三个儿子——张秬、张秸、张和勿忘故园。据陆游《老学庵笔记》卷四载：“文潜三子：秬、秸、和，皆中进士第。秬、秸在陈死于兵，和为陕府教官，归葬二兄，复遇盗见杀。文潜遂无后，可哀也。”此事未见于张耒诗文中，或发生在张耒病故之后。

②客木：民国本作“共我”。

十月十日夕同文安君对月一小诗①

林外霜风作夜声，入檐寒月似多情。
灯前炉畔深杯暖，更听昭君出塞行。

①民国本诗题无“一小诗”三字。此诗创作年代不详，描写的是十月十日晚上，寒月当空，与文安君于灯前炉畔对酌赏曲的场景，恬美而温馨。邵祖寿《张文潜先生年谱》：“母李氏，文安君。”崔铭《张耒传略》：“味其诗意，似非呈母之作……文安君或为其妻之封号。”

悼亡九首①

菊花还似去年黄，一寸愁心万事伤。
独立高楼对残月，秋风吹得泪千行。

遥夜新霜凋碧槐，三更寒月满堂阶。
美人化作秋风去，只有清魂②梦里来。

千行垂泪对风烟，万事伤心儿女前。
晓镜不须催白发，潘郎秋鬓久萧然。

晓梳零乱发星星，病眼昏昏怯夜灯。
乌几素屏双草屦，百年从此学山僧。

新霜已重菊初残，半死梧桐泣井阑。

可是神伤即无泪，哭多清血也应干。

亦知存没等浮云，鲜笑多悲失道真。
却恐荒唐齐物叟，鼓盆真是已伤神。

山僧老去久忘情，笑我多悲白发生。
为道人生[3]具烦恼，早来林下共修行。

嵩阳道出建春门，同入西都四见春。
谁谓回头隔存没，断肠今作独归人。

欲治烦恼更无方，只有头陀理最长。
不待存亡始知梦，故应交臂已凄凉。

①宋神宗元丰二年（1079），二十六岁的张耒挈妇将雏自山阳出发，经陈州、洛阳一路向西赴寿安尉任。四年后，元丰六年（1083）春，罢寿安尉，候补居于西都洛阳。不幸的是，张耒清明染疾，随后爱妻卧病不起，同年九月撒手人寰。而立之年遭遇如此变故，张耒束手无策，只有借助诗行来抒发丧妻之痛。组诗九首以秋菊残月起兴，“美人化作秋风去，只有清魂梦里来”，抚今思昔，断肠独归，千行垂泪，万念俱灰。无奈之下，寻求虚空的佛法，效仿忘情的山僧，“为道人生具烦恼，早来林下共修行”。
②清魂：民国本作“秋魂”。
③人生：民国本作“人间”。

遣　兴[1]

百感摧伤强对春，看花花畔独沾巾。

只应闲自[2]林中坐，须学无言壁下人。

①宋神宗元丰七年（1084）正月六日，张耒在陈州有《正月六日》律诗悼念亡妻，不久又作这首绝句抒发伤感情怀。

②闲自：民国本作“闭目”。

李少卿挽词二首[1]

青云旧驰誉，白发早辞荣。谈笑惟诗酒，交游尽老成。
支离病中见，潇洒旧时情。已矣不可问，九原松柏声。

几年林下远埃尘，儒雅风流谁与邻？
笔尾病来犹壮健，诗情老去更清新。
幽斋昔日琴书换，新冢东风草木春。
怀想只疑高兴在，一吟遗句泪沾巾。

①宋神宗熙宁四年（1071）冬，张耒的外祖李宗易病逝于宛丘，游学陈州的张耒悲痛不已，先后赋诗二首悼念。民国本分题作《李少卿》《挽李少卿》，第一首五言律见卷十八，第二首七律见卷二十四。李宗易，字简夫，宛丘人，宋真宗天禧三年（1019）进士。宋仁宗明道年间以著作佐郎为谯县令，庆历年间任御史台推直、制置使等职。历知光化军屯田员外郎、度支郎中、司封郎中，以疾弃官归老于家，优游林泉十六年，卒赠太常少卿。以文学政事闻名，与晏殊、范仲淹等交谊深厚。熙宁三年（1070），苏辙为陈州教授，常与之游，并有《赠李简夫司封》《次韵李简夫秋园》《题李简夫葆光亭》赠答唱和。诗效白居易，旷然闲放。苏轼《书李简夫诗集后》称其“平生不眩于声利，不戚于穷约，安于所遇而乐之终身者，庶几乎渊明之真也”。苏辙《李简夫挽词二

首》，其一曰："老成浑欲尽，吊客一潸然。遗事人人记，清词句句传。挂冠疏傅早，乐世白公贤。叹息风流在，埋文得细镌。"著有《李少卿诗》二十卷，苏辙撰序。张耒颇受外祖宠爱，影响潜移默化，"作诗晚岁益务平淡，效白居易体"（《宋史·张耒传》），盖其渊源有自来。

在告家居示内①

虽云官事简，不似在家安。晏晏妇子语，嬉嬉儿稚闲。
甘餐失粗粝，独酌置杯盘。老觉假绥②好，莫将年少看。

①此诗写作年代不详。古时官吏休假曰告。张耒闲居在家，向妻子表达了知足无欲、安贫乐道的情怀。
②假绥：民国本作"假红"。

寒食日同妇子辈东园小宴①

寒食无与乐，携孥宴小园。青春积雨霁，白日万花繁。
时节悲江国，穷愁泥②酒尊。故乡终在眼，乐不③得重论。

①这首诗写于宋徽宗崇宁年间谪居黄州柯山寒食时节。雨霁初晴，花香四溢，与妻儿宴集于小园，其乐融融。《古今岁时杂咏》将此诗截作两首五言绝句。
②泥：《古今岁时杂咏》作"滞"。
③不：《古今岁时杂咏》作"事"。

寄文刚求蟹[①]

遥知涟水蟹，九月已经霜。筐实黄金重，螯肥白玉香。
尘埃离故国，诗酒寄他乡。苦乏西来使，何缘至洛阳。

①这首诗写于宋神宗元丰年间寿安尉任上。张柔，字文刚，张耒胞兄，宋仁宗皇祐三年（1051）生，好学能文，宋哲宗元祐、绍圣年间，历任沈丘县令、新昌县令。时或在楚州涟水公干。张耒性好食蟹，适逢九月蟹肥菊黄，遂寄书求蟹。费衮《梁谿漫志》卷九：“张文潜好食蟹，晚苦风痹，然嗜蟹如故，至剔其肉，满贮巨杯而食之。”张耒曾赋五言古诗《食蟹》力辩蟹毒之诬。其诗云：“世言蟹毒甚，过食风乃乘。风淫为末疾，能败股与肱。我读本草书，美恶未有凭。筋绝不可理，蟹续牢如絙。骨萎用蟹补，可使无骞崩。凡风待火出，热甚风乃腾。中炎若遇蟹，其快如霜冷。俗传未必妄，但恐殊爱憎。本草起东汉，要之出贤能。虽失谅不远，尧跖终殊称。书生自信书，俚说徒营营。”

无独有偶，张耒去世三十多年后，宋高宗绍兴二十八年（1158）出生的高似孙，字续古，号疏寮，浙江鄞县人，进士及第，官至著作佐郎，撰有《剡录》《蟹略》等。其中《蟹略》四卷不仅收录张耒《寄文刚求蟹》《食蟹》诗，而且于蟹原、蟹象、蟹具、蟹品、蟹馔、蟹志赋咏靡不载录。其《蟹包》诗云：“妙手能夸薄样捎，桂香分入蟹为包。也知不枉持螯手，便是持螯亦草茅。”其他如“不是桂菊蟹，如何能好秋”，“多买潮来蟹，催烹带得鱼”，“自携笔具呼西舟，好风吹蟹归鱼篝”，“最觉黄花如有意，却怜豪蟹欲相疏”等诗句不一而足。另外，陆游咏蟹诗亦不鲜见，真可谓异代知音。

同七兄及崧上人自坟庄还寺[1]

和风快人意，岸帻晚襟凉。日落野痕碧，月生淮际光。
论诗得灵运，静语属支郎。不是耽闲散，从来懒性长。

①宋哲宗元祐二年（1087）冬，张耒因私谒告离京回楚州山阳。第二年春，与堂兄张君复和崧上人从先父墓园归来，写下了这首诗。从张耒《次韵君复七兄见赠》《喜七兄疾愈二首》等诗题和原注可以得知，七兄乃堂兄张君复，性喜参悟道秘，断爱屏欲，已绝世缘。崧上人，生平不详。参见崔铭《张耒年谱及作品编年》。

正月六日[1]

杨柳梢头腊雪消，东风犹着晚寒骄[2]。
新年花柳传芳信[3]，去腊星霜变斗杓[4]。
来共春烟晴冉冉，洒随疏雨泪萧萧。
蛾眉一闭年华改，纵有遗魂可得[5]招？

①原注："元丰七年。"宋神宗元丰六年（1083）九月，张耒妻病逝于洛阳，不久其携稚子离洛回到陈州，安顿数月，在宛丘度过新年。正月初六这一天，花柳传信，恍惚间，亡妻从潇潇春雨中翩然走来，遂感而赋之。

②此句《古今岁时杂咏》作"东风犹带晓寒骄"。

③此句《古今岁时杂咏》作"新年时节花传信"。

④变斗杓：《古今岁时杂咏》作"斗转杓"。

⑤可得：《古今岁时杂咏》作"不可"。

九日对酒怀道孚甥[1]

吾甥颇似魏家舒，新罢推囚却著书。
顾我自倾[2]陶令酒，思君同脍季鹰鲈。
荒茫云物秋将晚[3]，寂寞山城谁与娱。
岁月可惊嗟老矣，踌躇不去独何欤[4]？

①民国本题作《寄杨克一》。此诗写于宋哲宗绍圣二年（1095）重阳节，时知宣州任上。张耒与外甥杨克一年龄相差十余岁，感情甚笃，诗中称赞外甥人格高洁、才华出众，更以陶令嗜酒、季鹰鲈脍的典故来抒发甥舅之间无尽相思和退隐情致。杨克一，字道孚，小字吉老，又名介，字念三（廿三），曾任建昌知县。工诗擅画，黄庭坚《跋杨道孚画竹》："观此竹，又知其人有韵。……吾友张文潜之甥也，宜有外家风气。"吕本中《紫薇诗话》："杨道孚深爱义山'嫦娥应悔偷灵药，碧海青天夜夜心'，以为作诗当如此学。"著有《印格》一卷，张耒撰序，略曰："克一既好古印章，其父补之爱之尤笃，悉录古今印玺之法，谓之《图书谱》，自秦以来变制异状，皆能言其故。余颇爱其用心不移，致精于末务，使有传焉。"（《郡斋读书志》后志卷二）又，杨克一，字名复杂，古今多致混误，而崔铭《张耒年谱及作品编年》辨之甚详。

②自倾：民国本作"独倾"。

③此句民国本作"荒凉云物秋将老"。

④尾联民国本作"倏忽风光行老矣，踌躇不去欲何如"。

北堂斋居示秬秸[1]

穷腊贫家絺纻单，可堪过雨夜堂寒。

屏除荤酒神应爽，谈笑诗书乐未闲[2]。
净境眼前无俗物，清都梦到有飞翰。
鸡鸣月落纸窗白，疑是从天风驭还。

①这首诗是张耒晚年寓陈之作。张耒一生嗜酒，却受风痹之困，谪居黄州时即有戒酒之举，又屡屡破戒。晚岁在宛丘诗酒清欢，似有所收敛。此诗极言屏除荤酒、寒夜斋居的益处，其实夙疾未除，难免苦中作乐之嫌。

②闲：民国本作“阑”。

送婿陈景初还钱塘[1]

大夫[2]风节老弥坚，嗣子清修学有传。
为爱诗书贤事业，不羞[3]葛练拙包缠。
经年上国劳归梦，一棹寒流放去船。
饱读陈编勤笔砚，书来寄我好文编。

①这首诗创作时间不详。崔铭《张耒年谱及作品编年》：“上国当指京城，则诗当作于元祐年间或建中靖国元年。”陈景初为张耒女婿，生平无考。钱塘县属两浙路大都督府杭州余杭郡。《新定九域志（古迹）》卷五：“钱塘，初为潮水所损，州人华信自以私钱作塘捍海，因号钱塘。”陈景初或是钱塘人，抑或在钱塘做官。

②大夫：民国本作“乃翁”。

③不羞：民国本作“肯羞”。

内生日[1]

从我奔驰走四方，清贫殊不厌糟糠。
黔娄环堵贫常醉，寿母高堂老亦康。
夷险百为吾有命，穷通一意子真刚。
今年生日心无事，好为儿孙举寿觞。

①这首诗祝贺妻子生日，具体创作时间不详。邵祖寿《张文潜先生年谱》："据本集《内生日》诗'黔娄环堵贫常醉，寿母高堂老亦康'句，此则孟光偕老景况，当是续娶之妻。"从漂泊四方、环堵萧然到心安无事、儿孙一堂共奉寿觞的诗意看来，此诗大致写于晚年寓居陈州时。古人对人自称妻曰内、内子、内人、室人、荆妇、山妻等，参见梁章钜《称谓录》。

老舅寓陈诸况不能尽布以二诗代书得闲为和佳也[1]

欲知老子居陈事，古寺萧条屋数楹。
幸免绝粮愁[2]孔老，更无环堵羡渊明。
参差拙计何曾是，宠辱浮云无可惊。
断送光阴须美酒，唯应此事费经营。

功名[3]已老付悠悠，未免饥寒目下忧。
全仗《黄庭》能却老，懒将[4]白发更悲秋。
所欣耳界常清净，渐放心君得自由。
一事若消消未尽[5]，每逢风月亦闲愁。

①宋哲宗绍圣三年（1096）秋，管勾亳州明道宫张耒自京师回到陈州，寓居宛丘南门灵通禅院西堂。一切安顿停当之后，便以诗代书，向外甥杨克一说明居陈古寺宠辱不惊、耳界清净、坐消闲愁的境况。
②愁：民国本作“惭”。
③功名：民国本作“浮生”。
④懒将：民国本作“那堪”。
⑤此句民国本作“垒块苦消消未尽”。

送杨补之赴鄂州支使①

相逢顾我尚童儿，二十年来鬓有丝。
涕泪两家同患难，光阴一半属分离。
扁舟又作江湖别，千里长悬梦寐思。
何日粗酬身世了，卜邻耕钓老追随。

①宋哲宗元祐五年（1090）五月，张耒三姐夫杨补之赴鄂州支使，赋诗送行。作者自小得到姐夫关爱，患难与共，感情殊深，梦想将来卜邻相伴，终老一生。纪昀评此诗：“三、四沉痛，情真语切，诗人之笔。”（《瀛奎律髓汇评》卷二十四）《元丰九域志》卷六：“鄂州，江夏郡，武昌军节度，治江夏县。”支使为州属官，协助长史分治本州公事，从八品。宋哲宗绍圣年间（1094—1098），杨补之曾任职于楚州，卒年不及六十，官至奉议郎，正八品。张耒为其撰墓志铭。挽词称其为人廉静乐道，绝交俗流，并长于籀篆、医学。

送三姊之鄂州①

兄弟分飞各一方，老来分袂苦多伤。

两行别泪江湖远，五月征车歧路长。
休叹伯鸾甘寂寞，所欣杨恽好文章[2]。
北归会有相逢地，只恐尘埃发易苍。

①杨补之赴鄂州支使任，与妻同行，张耒并赋诗相送。方回：“甥克一能文，故有五、六一联，用事极佳。”纪昀：“诗亦真切，结尤浑厚。”（《瀛奎律髓汇评》卷二十四）

②原注：“克一甥苦为诗。”

送杨念三监簿侍行赴鄂渚[1]

楚天南去水冥冥，鄂渚悠悠到几程。
京洛信稀千里隔，江湖春尽一帆轻。
莫辞送别青春满，会是相逢白发生。
饱读诗书取卿相，不应如我老无成。

①杨补之赴鄂州支使任，儿子杨念三随侍照应起居，老舅以诗相送，勉其饱读诗书，以期官拜卿相。

余元丰戊午岁，自楚至宋，由柘城至福昌，年二十有五。后十年，当元祐二年，再过宋都，追感存殁，怅然有怀[1]

宋王[2]台前官树林，十年孤客独沾襟。
白头青鬓隔存殁，落日断霞无古今。
暮云梁苑雁鹜暗，夕泛吴船江海深。
阅世悲欢嗟老眼，呼儿取酒十分斟。

①这是一首怀念亡妻的诗作，写于宋哲宗元祐二年（1087）冬。张耒谒告东归淮阴，途经南京应天府，寒水暮云，孤寂无亲，追忆十年前携眷赴寿安过宋都的情形，故地重游，天人永隔，哀痛复萌，怅然怀想。《王直方诗话》评此诗颔联“白头青鬓隔存殁，落日断霞无古今”，“气格似不减老杜也”。

②宋王：民国本作“宋玉”。

久阴忽晴作诗寄秬秸时二子沿干在阳翟镇[①]

想尔扁舟野岸横，久阴今旦喜晴明。
天寒野旷北风利，云霁[②]江浑春水生。
家近冻醪时可致，旅庖鸣雁足供烹。
东园早作归来计，红紫欣欣[③]日向荣。

①张耒晚年寓居陈州，虽清贫职闲，却得享天伦之乐。某年冬天，张秬、张秸二子阻雪在阳翟镇，久阴忽晴，赋诗抒怀，盼望早日归来。秦置阳翟县，北宋属京西北路颍昌府许昌郡。后改名钧州，即今河南禹州。

②云霁：《宋诗钞补》作“雪霁”。

③欣欣：民国本作“纷纷”。

自巴河至蕲阳口道中得二诗示仲达与秬同赋[①]

春日[②]娟娟堕半环，呕鸦鸣橹转荒湾。
东南地缺天连水，春夏风高浪卷山。
旅食每愁村市散，近秋已觉暑衣单。
自惭老病心儿女，三日离家已念还。

浩浩浑流卷白沙，中流鼓楫四无涯。
喜逢山色开眉黛，愁对江云起炮车。
雨足川原丰稻菽，日斜鸥鹭满蒹葭。
长年怕作扁舟客，赖有高谈一笑哗[③]。

①宋哲宗元符三年（1100），年届四十七岁的张耒人生大反转，二月诏复黄州通判，刚从复州到黄州，又蒙恩移知兖州。黄州复州，六年一梦，往事不堪回首。六月十五日，张耒齐安罢官，率长子张秬、女婿潘仲达乘舟出游，循长江向江州、浔阳进发。十六日，自巴河至蕲阳道中援笔写下两首格调轻快的七言律诗。青山妩媚，落月空明，中流击楫，谈笑高哗。他们的游踪并未停歇，随后几天，上灵岩寺，登梁昭明太子庙，候风林皇港，过道士矶，祷甘公祠，题琵琶亭；十八日下午抵浔阳，舍舟登岸，夜宿太平观；二十日，游庐山，观神运殿、白公草堂胜地，晚浴东林，望香炉、天池诸峰；二十一日，出山；二十二日，经富池而返。“我生久已甘困滞”，“舟子笑语开船篷”。对于穷愁不遇的张耒而言，这是一次放浪形骸的畅游。

②春日：民国本作“落月”。

③自注：“舟人占云若炮车起辄急避，乃大风候也。验之信然。”

送李公辅赴宰宣城[①]

与君骑竹即同游，抱子相看发已秋。
莫惜往来勤马足，未须容易转船头。
君方搜句窗间岫，我已悬情天际舟。
抱椠石渠无所欲，劳君时致管城侯。

①宋哲宗元祐七年（1092）春，时在汴京任著作郎、国史院检讨官的张

耒，写诗为表弟李公辅赴宰宣城送行。张耒幼居宛丘，表兄弟共骑竹马，情同手足。宣城盛产纸笔，“抱椠石渠无所欲，劳君时致管城侯”。李公辅，字成甫，改字德载，曾任宣城县令。为张耒外祖李宗易之孙，舅父李君武之子。宣城县属江南东路宣州宣城郡。张耒《明道杂志》：“白乐天作《紫毫笔》诗云：‘宣城石上有老兔，食竹饮泉生紫毫。’余守宣时，问笔工：‘毫用何处兔?’答云：‘皆陈、亳、宿数州客所贩。’宣自有兔，毫不堪用。盖兔居原田则毫全，以出入无伤也。宣兔居山，出入为荆棘树石所伤，毫例短秃。则白诗所云非也。”

冬日放言三首①

小儿喜学书，满纸如栖鸦。老妇寒不绩，当户理琵琶。
樽中有神物，快写如流霞。三杯任兀兀，冻脸生春华。

寒羊肉如膏，江鱼如切玉。肥兔与奔鹑，日夕悬庖屋。
嬉嬉顾妻孥，滋味喉可欲。谪官但强名，比昔②何不足。

日暮归饮酒，儿女戏我前。须臾径三酌，据榻已醺然。
老妻坐我傍，肴蔬屡炮煎。大胜刘伶妇，区区为酒钱。

①原题作《冬日放言二十一首》，张耒写于宋哲宗绍圣四年（1097）冬十月，谪监黄州酒税任上。这里选取其中三首，充分展现了稚子涂鸦嬉戏、贤妻温俭恭良的家居生活场景，更是去国千里、闲曹冷局的张耒心灵慰藉。

②比昔：民国本作“比者”。

次韵苏翰林送黄师是赴两浙①

昔见君纳妇，今见君抱孙。先公力种德，子合大其门。
何为亦如我，有抱不得言。峥嵘胸中气，默默自吐吞。
谁如东坡老，感激论元元。欲将洛阳裘，尽盖江湖村。
既系海若颈，又鞭江胥魂。意令仰天民，不隔顶上盆。
我独乞禅床，一气中夜存。

①宋哲宗元祐八年（1093）正月，黄寔（字师是）赴两浙刑狱任，苏轼作《送黄师是赴两浙宪》，张耒次韵。黄寔与张耒是陈州同学，同年进士及第，两人的妻子是同胞姊妹，两人的妹妹分别嫁与钱勰的两个儿子，苏辙的两个儿子同娶黄寔两个女儿，因此，苏、黄、张、钱几家"婚姻之故，情谊款密"。首句"昔见君纳妇，今见君抱孙"，即张耒为黄寔友婿（俗称"连襟"）的纪实。苏翰林，即苏轼，时任翰林侍读学士，充礼部尚书。

阿　儿①

小儿名阿儿，眉目颇疏明。日来书案傍，学我读书声。
男儿事业多，何必学读书。自古奇男子，往往羞为儒。
阿儿笑谓爷，薄云无密雨。看爷饥寒姿，儿岂合贵富？
翁家破箧中，惟有书与史。教儿不读书，更欲作何事？

①这是一首父子问答体的古诗，创作时间不详，以理推之，当在张耒供职汴京之前。张耒可考的四个儿子：张秬、张秸、张秠、张和，张秬、张秸、张和三人皆中进士第，而张秠在张耒诗文中仅出现一次，或早夭。

邵祖寿《张文潜先生年谱》:“不知阿几为谁。”崔铭认为“阿几当为乳名”,不排除上述四子之一。本诗通过父子二人的对话,表现了年幼儿子的童言无忌和仁厚慈父的无奈伤感。《宋诗钞》收录此诗。

夜　坐[①]

万籁声久寂,三更霜已寒。老人袖手坐,一气中自存。
自得此中趣,不与儿曹论。但有老孟光,相对亦无言。

①这是张耒晚年寓陈之作。步入老境的张耒,铅华洗尽,圆融会通,万事悠悠,素处以默。有相对无言的妻子做伴,享受静谧时光。

十月十二日夜务宿寄内[①]

寒夜欺老人,展转睡不足。长年怕为客,况此空斋宿。
嗈嗈度云雁,瑟瑟受霜竹。冻骹冷如植,未觉重衾燠。
天明起盥栉[②],淡日初照屋。寄声家具酒,买鱼烹雁鹜。

①宋哲宗元符二年(1099)十月十二日,徙监复州酒税的张耒夜宿官斋,寒气袭人,孤冷难耐,第二天写诗向爱妻诉说昨夜窘况,要求预备酒食相待。《古今岁时杂咏》收录此诗,“务”作“孤”。
②盥栉:《古今岁时杂咏》作“冠栉”。

腊月十八日蚤苦寒与家妇饮[①]

寒夜不可旦,老鸡鸣苦迟。晨兴出户视,风折山树[②]枝。

最爱[3]堂东梅，冽寒亦弄姿。夜来月中影，窥我读书帷。
中庭石井栏，晨汲气如炊。今日复何事，环佩联冰澌。
瓷罂有芳醇，庖舍具鲜肥。地炉炽薪炭，三酌对山妻。

①《古今岁时杂咏》题作《十二月十一日早苦寒与家妇酌酒因成古风》。张耒因为苏轼致丧责授房山别驾，黄州安置，自宋徽宗崇宁元年(1102)九月至崇宁五年(1106)十一月都是在黄州度过的。这首诗即作于其间某年腊月十八日，是其谪官生活的真实写照。

②山树：《古今岁时杂咏》作“山海”。

③爱：《古今岁时杂咏》作“蚤”。

悼　逝[1]

结发为夫妇，少年共饥寒。我迂趋世拙，十载困微官。
男儿不终穷，会展凌风翰。相期脱崎岖，一笑舒艰难。
秋风摧芳蕙，既去不可还。滴我眼中血，悲哉摧肺肝。
儿稚立我前，求母夜不眠。我虽欲告之，哽咽不能言。
积金虽至斗，纡朱走华轩。失我同心人，抚事皆悲酸。
积日而成时，积时更成年。山海会崩竭，音容求[2]茫然。

①宋神宗元丰六年(1083)，张耒罢寿安尉后住在洛阳，夏天为病妻寻医问药，其妻不幸于九月不治身亡。此诗悼失妻之痛，字字泣血，催人泪下。

②“求”民国本作“永”。

园花盛开秬病不能观作诗谕之①

东风着花花披靡，花风吹人人欲醉。
老翁逢花如啜醨，强自挹酌终无味。
斗红斗绿千万态②，长笑花工夸幻事。
若知空色无异观，世上何曾有桃李？

空山岑寂何所有，晚菊芙蓉相对幽。
伴我悠悠过闲日，伶渠灼灼媚穷秋。
清香但欲持供佛，醉舞何妨插满头。
此生萍梗难前料，知复明年相见不？

①第一首诗大致写于晚年寓居陈州时。长子张秬因病不能观赏园中盛开的鲜花，张耒便以诗为谕，可见父子真情。民国本同题仅录第一首，第二首另题作《木芙蓉菊花盛开》。味其诗意，春花秋卉不同时令，民国本分题更合乎情理。崔铭《张耒年谱及作品编年》将第二首断为崇宁年间张耒谪居黄州时作。

②“千万态”，民国本作“态千万”。

挂虎图于寝壁示秸秠①

画工出幻事，缟素发原薮。萧萧白茅低，凛凛北风走。
眈然老於菟，举步安不骤。目光炯双射，怒吻呀欲受。
彼彪掷其旁，文彩淡初就。虽然窃形似，已足走百兽。
烦君卫吾寝，振此蓬荜陋。坐令盗肉鼠，不敢窥白昼。

①这首诗写于宋哲宗元祐年间，其时张耒三十多岁，在馆阁供职，携眷寓居汴京城南。一日，与张秬、张秠两个儿子一道在家中张挂虎图，赋诗诫子。以先有白素起稿、再施以色彩的绘画技法入手，再描摹百兽之王威风八面、镇宅驱邪的形象，从而表达了“绘事后素”（孔子语）、不断进取的殷切希望。张秠在张耒诗文中仅此一见，或未成人夭折。

自乾明移居柯山何氏第令秬秸先葺所居①

吾居最易足，容膝便有余。平生一亩宫，游宦乖所图。
谪官求便安②，僦舍柯山隅。洒扫勤汝力，真成野人居。
栖鸿媚夜渚，待旦志在途。栖迟聊复尔，本不计忧娱。
惟此东窗下，可以陈图书。三酌便陶然，何者为吾庐？

①宋徽宗崇宁二年（1103）十月，张耒让儿子张秬、张秸修葺即将移居的新屋，赋诗以遣怀抱。僦居陋室，随遇而安，栖鸿暂依，志存高远。其《柯山赋》叙之颇详。《黄州府志》卷三：“柯山在黄冈县东，定惠院南。”

②便安：原作“便文”，据民国本改。

赠李德载三首①

我家外翁天下士，欲以文章付孙子。
爱君丱角已食牛，属书笔下无停字。
愿君饱读大父书，学到莫忧名不似。
重教我辈见风流，更以余波变乡里。

长翁波涛万顷陂，少翁巉秀千寻麓。

黄郎萧萧日下鹤，陈子峭峭霜中竹。
秦文蒨藻舒桃李，晁论峥嵘走金玉。
六公文字满人间，君欲高飞附鸿鹄。

男儿当读五车书，辍业应须盖棺日。
人生事业要强学，譬彼欲耕须待[2]湿。
李郎落落奇丈夫，美玉应须作圭璧。
请将便腹包五车，汲汲讲摩如故疾。

①宋哲宗元祐六年（1091）六月八日，诏以著作佐郎、集贤校理张耒为秘书丞；十一月十六日，为国史院检讨官；十二月二十四日，除著作郎。一年数迁，官运亨通。平时常与苏轼、黄庭坚、秦观、晁补之，以及馆阁诸君游赏会饮，雅集酬唱，可谓是张耒仕宦生涯的高光时刻。向表弟李德载赠诗三首正是这个时间书就的。第一首称其文章风流，有赖乃祖遗泽沾溉；第二首赞颂六公——苏轼、苏辙、黄庭坚、陈师道、秦观、晁补之文字名满天下，希望步武其后；第三首期盼表弟饱读诗书，鹏举高翔。
②待：民国本作“逮”。

瓜洲谢李德载寄蜂儿木瓜笔[1]

瓜洲萧索秋江渚，西风江岸残红舞。
津亭永夜守青灯，客睡朦胧听江雨。
青樽晓酌遣怀抱，但恨郁郁将谁语。
敲门忽得故人书，洗手开缄见眉宇。
蜂儿肥腻愈风痹，木瓜甘酸轻病股。
铦锋皓管见还愧，老去笔砚生尘土。
北归飘泊亦何事，篙工已束横江橹。

天寒应客太昊墟，当遣何人具鸡黍？

①宋哲宗绍圣元年（1094）四月，张耒以直龙图阁知润州，闰四月二十九日到任。仅仅经过一个夏天，初秋即被解职。其《赠吴孟求承议二首》（其一）有句“揭来京口见花落，归去西风未吹柳”，亦是实录。离润州返京，途经瓜洲时，接到表弟李德载寄送的蜂儿、木瓜和毛笔，遂赋七言古诗一首答谢。张耒因嗜酒而致风痹，痛苦不迭。亲友劝其戒酒，黄庭坚送茶代酒饮，并赠诗“但读《离骚》可无酒”。从“蜂儿肥腻愈风痹，木瓜甘酸轻病股”可知，表弟所赠蜂儿、木瓜是用以治病的偏方。瓜洲，镇名。在长江北岸，时属扬州江都县。李德载，原名李公辅，字成甫，请求表兄张耒改易其字。张耒供职馆阁，学识渊雅，为更其字“德载”，并特撰《李德载字序》一文，申明理由：“保信以为车，力学以为辅，而载尔德焉。”

三、赠答

客從遠方來遺我一書札

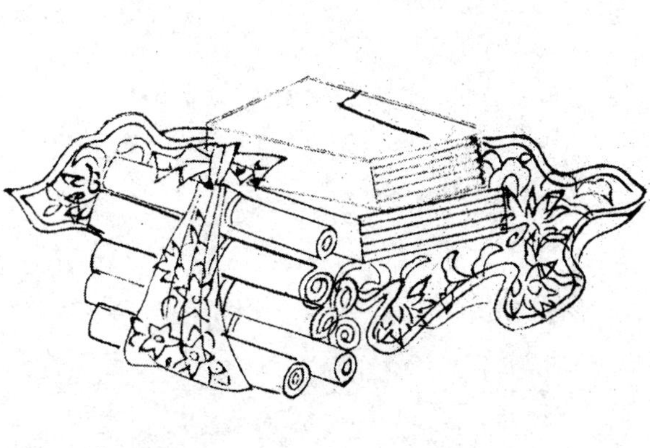

以诗酬唱赠答是古代文人重要的交际方式。本章遴选张耒赠答师长、友朋、同学、僧道和恋人的篇什，兼顾赠答对象的广泛性，恳切诚笃，言之有物，基本反映了张耒交游的真实风貌。

首先是苏轼、苏辙以及苏门学士的酬答唱和，譬如《寄子瞻舍人二首》《卧病月余呈子由二首》，谦卑恭谨，情意眷眷；《初到都下供职寄黄九》《昼卧怀陈三时陈三卧疾》《赠无咎以既见君子云胡不喜为韵八首》，师出同门，惺惺相惜。《和苏适春雪八绝》《谢仲南和诗》则见证了他与乃师苏辙次子苏适交谊款密。

其次是友朋之间的唱酬，《寄荣子雍》《和周廉彦》《寄李端叔二首》《呈徐仲车》《送孙志康赴高阳》《围棋歌戏江瞻道兼呈蔡秘校》等，或忆昔话今，或相约会饮，或请益解惑，或陈郊送别，或棋枰斗胜，落落襟怀，心无挂碍。

再次是同学、后生，宛丘同学陈鼎，同年进士常安民，陈州知州翟公巽，从学弟子张表臣、黄仲闵等都是在淮阳结缘的，他们酬唱赠答，相得无间。

其他如《出都之宛丘赠寄参廖》《赠僧介然》《赠别何道士》，是张耒与僧道方外之士的诗歌交往；《赠人三首》，是张耒在咸平县丞任上写给营妓刘淑女的古乐府歌诗。间有例外，《题韩幹马图》虽非赠答之属，而张耒以爱马著称，驭马、写马、画马，各臻其妙，实在不忍割舍，姑特此收载，幸勿见怪。

本章选诗五十六首。

和苏适春雪八绝[①]

春城北斗转招摇，寒御初还阵尚嚣。
一夜雪声欺布被，定知贫舍固相撩。

寒阵须凭酒解围，闲官幸可典朝衣。
一杯冷落凭谁劝，却有飞花舞入帷。

白帝阴兵严羽卫，汉皇老傅振须眉。
撒盐飞絮浑粗俗，尽拨尘言赋好诗。

溪上泛舟成底事，庵前夜立意如何。
争知万顷青青麦，绝胜黄河一尺波。

不死松篁劳借润[②]，未开桃李与催妆。
已饶艳女纤腰舞，偏犯贫儒百结裳。

偏憎游骑狂蹄污[③]，最称佳人素手团。
方丈老翁容膝外，出门四顾尽漫漫。

山中景物更[④]幽奇，只欠夫君为赋诗。
长忆东风吹女儿，琼瑶交贯碧琉璃。

寒窗冻坐成何事，趣唤红妆遣暖寒。
却把吟肠盛美酒，更令柔指发[⑤]清弹。

①这一组八首七绝是张耒晚年寓居陈州时，和苏辙次子苏适《春雪》诗

而作。诗作自然淳朴，情景交融，语近旨远，韵味悠长。苏适（1067—1122），字仲南，初以先人苏辙郊恩授承奉郎，任郊社局令，后改陈州粮料院，郡守知其才能，委以民事。历任太常寺太祝、监西京河南仓、信阳军司录事、通判广信军，宋徽宗宣和四年（1122）九月卒于官舍，享年五十五。苏适慷慨行义，健于立事，苏辙晚岁闲居颍昌，杜门谢客，生活起居多赖其照拂。少喜作文章，诗词尤多。娶陈州黄寔女为妻，有贤德孝行，先其半年而逝，宣和五年（1123）十月晦日合葬于汝州郏城（今河南郏县）上瑞里苏辙墓东南隅。参见《宋故奉议郎眉山苏仲南墓志铭》。

②润：民国本作“问”。

③狂蹄污：民国本作“香蹄汗”。

④更：民国本作“最”。

⑤发：民国本作“拨”。

谢仲南和诗①

曾约西湖薄主人，只今湖色已知春。
会须多载连车酒，绝胜寒仓满目尘。

①这是一首答谢诗，张耒作于晚年陈州寓舍。此诗见于《宛丘先生文集》卷三十七，卷四十一有《观苏仲南诗卷》《读仲南和诗》二首，抄录如次，聊用举隅。《观苏仲南诗卷》：“苏子诗如刃发硎，十章入耳韵泠泠。文章三昧无多子，只守君家旧典刑。”《读仲南和诗》：“异时文席许论诗，三载江湖读楚词。自笑酸寒无好语，少年仓氏独相知。”若三首诗合而读之，似乎当作如是观：苏适向张耒呈上自己创作的诗卷十章请教，张耒观后赠诗，称他深得文章三昧，有大苏、小苏二翁遗风；苏适和诗道谢，张耒读和诗，“自笑酸寒无好语”，复赋诗唱和，大地回春，不妨践约载酒共谋一醉。

寄李不危[1]

忆昨东风吹马蹄，瓦关[2]分袂涕交挥。
淮阳风物应如旧，独在柯山送雁归。

①此诗写于崇宁中黄州柯山。李不危，生平不详，或是宛丘外祖家李氏族亲。民国刊本《柯山集》此诗凡两见，同题无异文，另题作《二十八日》，多处异文，誊录如下：“忆昨秋风吹马蹄，瓦关分袂涕交挥。淮阳春物应如锦，犹在柯山送雁归。”

②瓦关：宛丘地名。顺治本《陈州志》卷一：“瓦关，在州城南二十里。”

生日赠潘郎[1]

春雨萧萧江上城，论花与子酒同倾。
恨君未到淮阳市，一见姚黄慰此生。

①此诗写于黄州，具体年代不详。张耒颇有外祖爱花遗风。谪居泽国江城，在潇潇春雨中迎来了生日，翁婿二人对酌，酒酣耳热之际，谈及淮阳牡丹，滔滔不竭。潘郎，张耒女婿，名大观，字仲达，与兄大临皆善诗，从苏轼游，入江西诗派，名列吕本中《江西诗社宗派图》。

谢仲闵惠友于泉[1]

地吉泉甘庆所钟，直疑遥与惠山通。
曲肱烦暑都消尽，如卧萧萧紫竹风。

①原注："泉上多紫竹。"此诗为张耒晚年寓居陈州时所作。张耒身材魁伟，"肥如瓠壶"（黄庭坚戏谑之词），酷暑烦蒸之中，黄仲闵惠赠甘泉，喜出望外，以诗代谢。参读《从黄仲闵求友于泉》。

出都之宛丘赠寄参寥[1]

萧然耳目清，驱马别都城。岸断秋光出，川平雨气横。
浮生归佛理[2]，闲景付诗情。岁晚江湖客，何为滞玉京？

①此诗写于宋哲宗绍圣三年（1096）秋张耒离汴京赴陈州途中。同年春末，张耒罢官宣州，回到京都，被授为管勾亳州明道宫的闲职。驱马出城东归，顿觉耳清目明，精神爽健，欣然写诗赠寄僧友参寥。参寥（1043—1106），北宋著名诗僧，俗姓何，字参寥，原名昙潜，改名道潜，赐号妙总大师。作诗平雅清绝，著有《参寥子集》。初与秦观友善，后从苏轼游。宋神宗元丰元年（1078）夏，张耒与参寥相识于汴京，诗书往还，交情甚笃。
②佛理：民国本作"物理"。

昼卧怀陈三时陈三卧疾[1]

睡如饮蜜入蜂房，懒似游丝百尺长。
陋巷谁过居士疾，春风正作国人狂。
吟诗得瘦由无性，辟谷轻身合有方。
欲饷子桑归问妇，一瓢[2]过午尚悬墙。

①宋哲宗元祐二年（1087）春，陈师道生病卧床，张耒赋诗致候。借用

《庄子》子舆担心困于阴雨中的好友子桑挨饿而裹饭送食的典故，表达忧思之情。陈三，即陈师道。陈师道（1053—1102），字履常，一字无己，号后山居士，彭城（今江苏徐州）人。“苏门六君子”之一，江西诗派的代表人物。十六岁始从曾巩习文，三十四岁经苏轼荐为徐州教授，历任太学博士、颍州教授、秘书省正字，四十九岁病逝。一生敝衣粗食，固穷自守。诗文主张“宁拙毋巧、宁朴毋华”。每每蒙衾卧榻苦吟，黄庭坚称为“闭门觅句陈无己”。著有《后山集》二十四卷。张耒与陈师道于宋哲宗元祐元年（1086）相识于京师，惺惺相惜，交谊深厚。陈师道有答诗。就创作艺术的角度而言，纪昀评此诗：“第四句不佳，五句‘由无性’三字不妥，结却有致。”（《瀛奎律髓汇评》卷四十四）

②一瓢：陈师道《答张文潜》诗自注引作“食箪”。见《后山诗注》卷一。

寄荣子雍①

苍茫腊雪欲成泥，又见东风上柳枝。
万事过前浑是梦，百年投老只添悲。
功名末路收常晚，节物惊心空自知。
千里故人犹念我，书来辛苦话相思。

①宋神宗元丰六年（1083）春，张耒罢官投闲，在一次出洛阳南门——长夏门游览龙门时，与同游的西京教授荣子雍一见倾心，遂与订交。随后偕游石家寺阁、香山诸名胜，沿途赋诗纪行。是年秋，张耒丧妻，独自携幼子回到陈州。新年过后，腊雪消融，春上柳梢，捧读子雍来信，心有所思，以诗赠寄。荣辑，字子雍，曾任西京、颍昌教授，宋哲宗元祐八年（1093）被范祖禹荐为太学学官，历礼部郎官。酷好图画，广富收藏。

赠别何道士[①]

疏散多违久自知，形骸况复病先衰。
全身幸免诛三献，避世何劳赋《五噫》。
闻说永嘉饶水石，便思轻帆向天涯。
却嗟病翮伤摧甚，孤鹤高飞不得随。

①这是张耒晚年寓居陈州时创作的一首送别诗。何道士准备远游，向张耒辞别，体衰多病的张耒悲欣交集，坦陈自己折翅伤翼，纵有归隐林泉之念，也无能绝俗随行。何道士，不知何许人，或是侨居陈州的方外之友。据《后汉书·梁鸿传》记载，扶风隐士梁鸿东出函谷关前往齐鲁，路过京都洛阳，登上北邙山，眺望宫殿巍峨，感叹生民疾苦无休，遂作《五噫之歌》：“陟彼北芒兮，噫！顾览帝京兮，噫！宫室崔嵬兮，噫！人之劬劳兮，噫！辽辽未央兮，噫！”后世多以“五噫”暗喻官府腐败，民不聊生，而民间广为流传的则是梁鸿与丑妻孟光举案齐眉、偕老一生的动人故事。

卧病月余呈子由二首[①]

蔀室悠悠昏复朝，强披《庄子》说《逍遥》。
四禅未到风犹梗，九转无功火不烧。
学道若为调鹿马，是身不实似芭蕉。
丹砂赤箭功何有，想听清言意自消。

风叶鸣窗已复朝，唤回归梦故山遥。
酒壶暗淡浮尘集，药鼎青荧败叶烧。

闭户独依寒蟋蟀，移床更[②]就雨芭蕉。
雪深更请安心术，长日如年未易消。

①宋哲宗元祐五年（1090）十月，三十七岁的著作佐郎张耒生病，在汴京城南家中休养，秘书省因此奏报乞免朝见之礼，不意竟遭到给事中范纯礼“坏礼乱法，所不当为”的纠弹，一时传为笑柄。张耒卧床一个多月，郁郁寡欢，于是赋诗二首寄呈苏子由，痛陈病魔缠身、虚似芭蕉的惨状，请教驱疾安心的灵丹妙方。老师并没有让他失望，随即《次韵张耒学士病中二首》，勉励弟子要像松竹一样经得起严霜的考验，坚定“从来百炼身如剑，火灭重磨未遽销”的信念。师弟子间的真挚情谊由此可见一斑。纪昀称此诗“语亦圆润，调嫌太平”。

②更：民国本作“近”。方回《瀛奎律髓》：“次篇两‘更’字，刊本如此，恐原稿必不然。”

寄子由二首[①]

万里归来真得仙，七年瞻望漫悁悁。
安闲旧得还丹诀，著论新成古史编。
应接强颜聊复尔，是非袖手独超然。
门人白首侯芭在，眷恋微官愧昔贤。

丈席他年闻至言，艰难不敢坠周旋。
文词老去真何益，道妙平生薄有缘。
人事眼前惟欲睡，丹经时复更谁传[②]。
清秋一室林泉好，洒扫思为杖履先。

①宋徽宗建中靖国元年（1101）秋，上任颍州知州不久的张耒闻听苏辙遇赦北还的消息，难掩激动之情，寄诗抒怀。苏辙自宋哲宗绍圣元年

（1094）贬谪出京，师生阔别七年，时在念中，如今万里之外“得仙”归来，自己虽不能像西汉扬雄的白首门徒侯芭那样服侍先生左右，然而，“清秋一室林泉好，洒扫思为杖履先”。悁悁之情溢于言表。

②此句民国本作“丹经《肘后》更难传”。

大暑戏赠希古①

去年挥汗对淮流，寒暑那知复一周。
土润何妨兼伏暑，火流行看放清秋。
鬓须总白难相笑，观庙俱闲好并游。
只怕樽前夸酒量，一挥百盏不言休。

①这首诗写于宋徽宗大观二年（1108年）大暑。张耒与常安民（字希古）同年进士及第，晚年流寓陈州结邻而居，都是高阳酒徒，可谓三生有缘。大暑，二十四节气之一，是夏季的最后一个节气，湿热交蒸，也是一年中气温最高、湿度最大的节候。

和周廉彦①

天光不动晚云垂，芳草初长衬马蹄。
新月已生飞鸟外，落霞更在夕阳西。
花开有客时携酒，门冷无车出畏泥。
修禊洛滨期一醉，天津春浪绿浮堤。

①宋神宗元丰六年（1083）春，张耒在洛阳候官补缺期间，曾经拜谒闲居洛中的范纯仁、司马光前辈，因而结识了范仲淹外孙、范纯仁之甥周廉彦。从诗意可知，两人相约上巳日（修禊）在天津桥畔相聚会饮。

这首诗采用烘云托月的手法描写洛阳郊外迷人的暮色风光，妙笔生花，令人神往。其中颔联（三、四对句）曾引起一桩学术公案，自南宋迄今，延续数百年。方回《瀛奎律髓》："三、四不见着力，自然浑成。"胡仔（《苕溪渔隐丛话》）、吴曾（《能改斋漫录》）等认为此联句仿效唐代郎士元《送杨中丞和番》"河阳飞鸟外，雪岭大荒西"。当代钱锺书先生认为郎士元诗联是想象地方的遥远，不是描写眼前的景物，而张耒诗句与梅尧臣的"夕阳鸟外落，新月树端生"一样，"把一件小事物作为大事物的坐标，一反通常以大者为主而小者为宾的说法"（《宋诗选注》）。俗语"高手过招，点到为止"，此之谓欤？周锷（1057—1131），字廉彦，鄞县人。宋神宗元丰二年（1079）进士，初授桐城尉，辞不赴，历官濠州户曹、南雄知州。精研六经、诸子之学。

赠僧介然①

寒窗写就碧云篇，客至研茶手自煎。
儒佛故应同是道，诗书本自不妨禅。
长松千尺巢云鹤，寒峤三更啸月猿。
请以篇章为佛事，要观半偈走人天。

①这是一首创作年代不详的七言律诗，然而，它在张耒文学中的地位却不容小觑。张耒生活在一个儒释道三教高度发达、学术思想异常活跃的时代，相继出现了以王安石为代表的荆公学派、司马光为代表的温公学派、程颢程颐兄弟为代表的洛学和苏氏父子为代表的蜀学，而"三教合一是蜀学的主要宗旨"（侯外庐《中国思想通史》卷三）。作为"苏门四学士"之一的张耒更是兼容并蓄，"弱岁慕世名"，"中年颇探道"，"老去深依佛"。此诗"儒佛故应同是道，诗书本自不妨禅"两句常常被后人阐释为张耒学术文化思想的重要内核（参见湛芬《张耒学术文化思想与创作》）。介然，诗僧。方回《瀛奎律髓》："此诗僧黎介然，

晚年与饶得操、吕居仁、汪信民俱在符离倡和者。”纪昀评此诗“语语老健”。

次韵李晋裕教授九日见赠[1]

满酌聊酬菊蕊黄，登高仍在太山阳。
笑谈佳节宾朋集，诗酒清欢兴味长。
倦客得闲聊[2]欲饮，老人虽醉不成狂。
先生莫叹齑盐久，行见高才颖出囊。

①宋哲宗元符三年（1100）七、八月间，张耒自黄州出发，过光山，由淮入颍，经陈州，一路陆走舟行，九月上旬到兖州任。初九重阳之日，与同僚宾朋一起登高、赏菊、饮酒相庆，李晋裕教授赠诗一首，张耒次韵回赠。第四句“诗酒清欢兴味长”显然借鉴了苏轼“人间有味是清欢”的词句。李晋裕，生平不详，或时任兖州教授。

②聊：《古今岁时杂咏》作“惟”。

寒食赠游客[1]

阴阴画幕映雕栏，一缕微香宝篆残。
寒食园林三月近，落花风雨五更寒。
筝调宝柱弦初稳，酒满金卮[2]饮未干。
明日踏青郊外去，绿杨门巷系雕鞍。

①这首诗写于元祐中张耒在汴京馆阁供职期间。方回评此诗：“平熟圆妥，视之似易，能作诗到此地亦难也。”纪昀：“此亦公道语。似韦庄笔意。”见《瀛奎律髓汇评》卷十六节序类。

②金卮：民国本作“金壶”。

寄子瞻舍人二首[①]

皎皎连城璧，实为天地珍。足伤曾不售，宝气终氤氲。
山川媚余秀，星斗揽奇氛。终然不可掩，三浴祓埃尘。
天王斋戒受，严庭具九宾。贮之黄金台，藉以九龙茵。
事称忘礼厚，人谁骇其新。车轮走四方，争睹快一陈。
无瑕故易伤，敛晖志乃神。

纷纷名利场，向背不知丑。翟公书其门，客态自如旧。
势去竞诋沮，有余丐升斗。高贤少畦畛，小子多状候。
退之呼字生，房相弹琴叟。事奇出意表，欲辩不及口。
神明劳忠孝，福禄日方厚。防微无早计，求福常恐后。

①宋神宗元丰八年（1085）十二月，礼部郎中苏轼除起居舍人，咸平县丞张耒寄诗祝贺。诗中把老师比作“连城璧”，皎皎无瑕，光华璀璨，然而，宦海险恶，向背乖宜，只有韬光敛辉，才能避祸求福。既有对苏公被起复重用的欣悦，又有害怕遭人构陷的隐忧。

同杨十二缑氏寺宿草酌张正民秀才见访[①]

契阔千里别，恻怆难具言。殷勤一宵语，愿子未即眠。
空堂灯火青，旅褐借僧毡。劳劳一杯酒，不解道路寒。
经年相从乐，既别亦茫然。人间事尽尔，聚散亦何叹。
但悲多难身，尚获朋友欢。间关百忧中，一笑直万钱。
张子年未冠，已雄群少年。巉巉坐我侧，紫眸秀双颧。

壮志激衰懦，清谈破愁煎。天明即分散，奈此情悁悁。

①这首五言古诗的创作时间、地点存疑。从诗题看，杨十二生平仕履不详，缑氏属河南府偃师县，张正民与张耒初识于陈州，三者难以重合。全诗夹叙夹议，有情有景，描述张子少有才学，相得甚欢，把酒送别，心绪茫然，夜短话长，高谊绵绵。张表臣，字正民，单父人。历官右承议郎，通判常州军州事，绍兴中，仕至司农丞。著有《珊瑚钩诗话》。曾编订《张右史集》七十卷，其序云："余年十七始识先生于陈，猥蒙诱掖。其后迁谪流离，而予侍亲南北，就学应举，多不相值。曩时杂蓄先生文集殆百卷，丧乱以来，损失皆尽。今者网罗之余固不多，然未为尽也。"

寄陈九①

别来常思君，无异饥待哺。如何偶相逢，握手复告去。
念初别子时，芳草才及屦。天时不可留，再见岁云暮。
出门怪子瘦，昔我困道路。飘飘千余里，陆走复水溯。
古来黄金尽，壮士色亦沮。斯人独何少，乃有衣食虑。
才高穷不怨，志大贫若富。吾将告君理，子听我其语②。
人生不终穷，否泰亦有数。子其保所有，锥颖囊必露。
古来立功名，其始不无忤。得难失自寡，进锐退亦遽。
念君归海濒，谁与朝夕聚？我方困而学，每冀朋友助。
一从城北归，梦魂见已屡。愿因南来者，时以尺书寓。

①宋神宗熙宁五年（1072）秋，十九岁的张耒赴苏州参加应举考试。同年冬天，张耒回到陈州，写诗寄赠南下久别的同学陈九。在北宋中后期，以苏轼、黄庭坚为代表的诗歌创作呈现散文化、议论化的风貌，即严羽在《沧浪诗话》中所批评的"以文字为诗，以才学为诗，以议论

为诗”。张耒初出茅庐，蹈常袭故，用散文笔法叙述朋友陆走水涉，千里远行，别来思君，常入梦中；以议论入诗，明理见道，劝勉朋友穷而不怨，志存高远，期冀否极泰来，脱颖而出。陈九，即张耒游学陈州的同学陈鼎，其曾祖陈恕为太宗朝参知政事，叔祖父陈执中官至仁宗朝宰相，后降为陈州知州。母亲符夫人是南海番禺人，诗中“念君归海濒”句，或指陈鼎随母至外家省亲。

②子听我其语：民国本作“子其听我布”。

寄李端叔二首①

束发闻至道，荣辱久齐观。中年婴世故，已复傲忧患。
闲居虽荒寂，几杖颇清晏。悠悠闲晷景，草草贫寝饭。
狂言无为发，浊酒醉自劝。夫②君通家旧，迩者颇屡见。
相望岂云远，数舍隔异县。吾人师佛祖，妙旨得忍粲。
敛藏避世俗，未免逢侮讪。坐令鬓垂雪，犹把从事版。
尺书每见警，妙语珠在贯。复君进明德，同遂丘壑愿。

陈墟③自古皇，疆野实楚县。沃野接神畿，荒沟漕淮甸。
民风静而陋，原隰平以远。我来逢艰岁，禾黍秋色浅。
荒居咽蛩蚓，风雨老藜苋。闭门谢车马，隐几亲笔砚。
马迹巷泥深，庖烟檐日晏。深居窥《老》《易》，妙理殊自玩。
困亨方寸足，夸安劳远愿。乖离感岁月，老色各满面。
友道古所敦，尺书莫辞倦。

①宋徽宗崇宁元年（1102）秋，闲居陈州的张耒创作两首五言古诗寄呈李端叔，追忆少小相识闻道，兼有通家之谊；感叹岁月无情，命运乖张。李之仪（1048—1117），字端叔，自号姑溪居士，祖籍沧州无棣（今属山东滨州），长于楚州山阳。宋英宗治平四年（1067）进士，历

万泉县令、权知开封县，宋神宗元丰七年（1084）出使高丽。宋哲宗元祐八年（1093）苏轼任定州安抚使，枢密院编修官李之仪以门生入幕，张耒撰《送李之仪赴定州序》。徽宗即位之初，李之仪提举河东常平，后以为范纯仁遗表作行状获罪削籍，南迁当涂而卒。李之仪能诗擅词，苏轼谓其尺牍“入刀笔三昧”（《宋史·李之仪传》）。李之仪以情词见长，一阕《卜算子·我住长江头》流传至今。著有《姑溪居士前集》五十卷、《后集》二十卷。

②夫：民国本作“与”。

③陈墟：陈州。《汉书·地理志》：“陈国，今淮阳之地。陈本太昊之虚，周武王封舜后妫满于陈，是为胡公，妻以元女大姬。”

与友人论文因以诗投之[1]

我虽不知文，尝闻于达者。文以意为车，意以文为马。
理强意乃胜，气盛文如驾。理维[2]当即止，妄说即虚假。
气如决江河，势盛乃倾泻。文莫如六经，此道亦不舍。
但于文最高，窥不见隙罅。故令后世儒，其能及者寡。
文章古亦众，其道则一也。譬如张众乐，要之以归雅[3]。
区区为对偶，此格最污下。求之古无有，欲学固未暇。
君为时俊髦，我老安苟且。聊献师所传，无以吾言野。

①张耒晚年寓陈时，二苏（苏轼、苏辙）、三子（秦观、黄庭坚、晁补之）相继离世，张耒岿然独存，因而“士人就学者众，分日载酒肴饮食之”（毛晋《宛丘题跋》后附）。此首五言古诗就是这个时期投赠友人的论文诗篇。“文以意为车，意以文为马”，譬喻贴切，形象生动地揭示了文学内容与形式之间相辅共存的关系；“理强意乃胜，气盛文如驾”，正是他“理胜者文不期工而工”，“言益工而理益明”创作理念的诗化概括；“区区为对偶，此格最污下”，则是他“作诗晚岁益务平淡”

的行为阐释。这些别具只眼的文学主张对后世产生了较大影响。

②理维：民国本作“理惟”。

③此句民国本作“要以归之雅”。

初到都下供职寄黄九①

千里不相见，劳劳复何辞。不应②一城中，耿耿令我思。
僦舍酒家楼，椎③垆卷其旗。鼠壤败晨炊，守翁噪群儿。
马傍挟两羸，双踵待刻移。五日长安尘，故山梦中归。
何以洗我心，望君青松姿。怀情久不吐，古屋弦悲诗。

①黄九，即黄庭坚。宋哲宗元祐元年（1086）春，张耒受聘为亳州教授，履任不久，召为太学博士。张耒回到汴京第五天，便寄诗黄庭坚，以申思慕之情。黄庭坚年长于张耒九岁，虽同是苏轼门人，此前却未曾谋面。前一年四月，黄庭坚以秘书省校书郎奉诏入京，九月张耒《与鲁直书》表达“请交”之意。而今因缘际会，二人同居一城，供职馆阁，从此彼此欣赏，至老不渝。黄庭坚（1045—1105），字鲁直，号山谷，又号涪翁，世称豫章先生。洪州分宁（今江西修水）人。治平四年（1067）进士，历叶县尉、北京国子监教授、秘书省校书郎、起居舍人、宣州知州、鄂州知州，谪授涪州别驾，后以《荆州承天院塔记》受诬除名，编隶宜州（今广西河池），卒谥文节。黄庭坚风韵洒落，诗文俊伟，世人以“苏黄”并称。吕本中《江西诗社宗派图》，奉黄庭坚为宗主。《四库全书总目》评其词“妙脱蹊径，迥出慧心”。擅长行草，名列宋代四大书法家之一。著有《豫章先生文集》。黄庭坚为人谈笑谐谑，曾赋诗戏称张耒：“张子耽酒语蹇吃，闻道颍州又陈州。形模弥勒一布袋，文字江河万古流。”

②应：民国本作“远”。

③椎：民国本作“推”。

呈徐仲车①

朝日照高檐，夜霜犹在瓦。纤纤墙边柳，春色已可把。
残年能几何，奔驶剧湍泻。虽无功名求，衰暮亦悲咤。
出门问徐子，两计决取舍。为当勉自修，汲汲不可暇。
为当饮美酒，送老在杯斝。子当指我途，我即策其马。
但恐懒拙姿，终非服勤者。

①宋神宗熙宁九年（1076）夏末，二十三岁的临淮主簿张耒回山阳奔父丧，丁忧守制期间，与山阳处士徐仲车交往密切。宋神宗元丰元年（1078）新春，张耒服丧期满，面临人生的抉择犹疑不定，便赋诗向亦师亦友的徐处士吐露胸臆。全诗前半部分描摹春色如许，悲咤岁月如流；后半部分展现了或仕或隐、患得患失的矛盾心理。徐积（1028—1103），字仲车，楚州山阳（今江苏淮安）人。治平四年（1067）登进士第。三岁丧父，事母至孝。以不忍离亲未仕，“徐子行年过五十，衣不被体肠苦饥”（张耒《戊午冬怀五首》）。年届六旬，以扬州司户参军为楚州教授，转和州防御推官，改宣德郎。宋徽宗政和六年（1116），卒谥“节孝处士”。著有《节孝集》。徐积学识博洽，风高节孝，张耒以先生尊之，时时请益。徐积对张耒亦倍加关爱，曾评价“张文潜有雄才，而笔力甚健，尤长于骚词，但恨不均耳”（《节孝语录》）。

寄答参寥①

秦子我所爱，词若秋风清。萧萧吹毛发，肃肃爽我情。
精工造奥妙，宝铁镂瑶琼。我虽见之晚，披豁尽平生。

又闻从[2]苏公，复与子同行。更酬而迭唱，钟磬日撞鸣。
东吴富山水，草木余春荣。悲余独契阔，不得陪酬赓。

①宋神宗元丰二年（1079）秋日，张耒即将离开山阳赴寿安任，接到参寥来信，获悉是年四月，苏轼自徐州移知湖州途经高邮时，邀请参寥、秦观偕行南下种种，因而欣然命笔《寄答参寥五首》，这是第三首。此诗前八句称赞秦观词采风流，奥妙精工，相见虽晚，但愿成为一生开诚布公的朋友；后八句羡妒交集，师友遍游湖山名刹，酬唱欢歌，而自叹不得追陪以叙离别相思之情。秦观（1049—1100），字太虚，改字少游，号淮海居士，高邮人。少豪隽，喜读兵书，慷慨文词，落第里居，以孙觉荐，拜于苏轼门下，名列“苏门四学士”。元丰八年（1085）登进士第，授定海主簿，调蔡州教授，除太学博士，迁秘书省正字、兼国史院编修官。宋哲宗绍圣初年（1094），坐元祐党籍，贬监处州酒税，继而削秩编管郴州、横州，后徙雷州。元符三年（1100），徽宗即位，复宣德郎，八月十二日，还至滕州光化亭而卒。能诗善文，以词名于世，其书法有东晋风味。著有《淮海集》《淮海居士长短句》。秦观《和蔡天启赠文潜之什》，有“平生瑰玮有谁同，要得张侯三日语”之句。张耒《祭秦少游文》，有“呜呼少游，淮海之英。自其少时，文章有声。脱略等辈，论交老成。众誉归之，谁敢改评”之句。可见二人交谊笃厚。

②从：民国本作“与”。

与潘仲达二首[1]

东风沛甘雨，百物一时好。江南桃李尽，红紫到百草。
道傍负担子，寒食归祭祷。念我淮上丘，三年不躬扫。

淮阳牡丹花，盛不数京洛。姚黄一枝开，众艳气如削。

亭亭风尘里，独立朝百萼。谁知临老眼，得到美葵藿。

①此诗凡两见，另题作《潘郎以予生日见过致酒出两诗》。宋徽宗崇宁四年（1105）三月，谪居黄州的张耒五十二岁生日，女婿潘大观（字仲达）致酒贺寿，张耒以五言古诗二首回赠。第二首描写淮阳牡丹亭亭独立，艳压群芳，言词浅近，寄意深远。

赠无咎以既见君子云胡不喜为韵八首①

平生怀想人，握手良未易。接君同舍欢，此事非此世。
十年淮海梦，一笑相逢地。投分白首期，愿言何有既？

贤愚譬观形，美丑不自见。医肱待三折，剑铁要百炼。
磨君古青铜，汰拣②寄明辨。一智出千愚，食芹敢忘献？

文风还正始，磊落有诸君。长者进后生，亦使我有闻。
譬如狸与虎，偶使并称文。终然不可及，困我力空勤。

文衰东京后，特起得韩子。支撑诽笑中，久乃③化而靡。
籍湜既洒扫，后生始归市。垂君拯溺手，请效我一指。

诗坛李杜后，黄子擅奇勋。平生执羁靮，开府与参军。
举诗秉笔徒，吟哦谩云云。安知握奇律，一字有风云。

触有羸其角，进有跋其胡。膏车秣吾马，白日在修途。
虽乏无④何杯，颇多未见书。力学致事功，良田本深锄。

黄子少年时，风流胜春柳。中年一钵饭，万事寒木朽。

室有僧对谈，房无妾持帚。此道人人事，谁令余独不？

南山缚虎师，肯顾世书字。扬眉哦楚喉，鼎畔倒侯喜。
诗声一苍蝇，下到霹雳耳。庸庸老寻常，物外有奇伟。

①宋神宗熙宁七年（1074）秋，二十一岁的张耒赴临淮主簿任，与年长一岁的晁补之相遇于盱眙，倾盖如故，知音一世。宋哲宗元祐元年（1086），晁补之为太学正，张耒为太学博士，阔别十二年后在京师聚首。从此，二人结邻城南，供职太学，召试除职，同升馆阁，读书饮酒，酬答唱和，一起度过了八年的韶光年华。这一组八首五言古诗作于是年秋天，不但见证了张晁之间“外虽朋游，情实兄弟”的真挚友谊，而且其创作手法和丰富意蕴也是可圈可点的。这是限韵组诗，以《诗经·郑风·风雨》尾句“既见君子，云胡不喜”为韵，立意高远，匠心独运，押韵妥帖，浑化无痕。作品内容不囿于寄赠个人，既有对晁补之的深切思念（其一），又有“力学致事功，良田本深锄”的殷殷嘱托（其六）；既有对韩愈文起八代之衰的称颂（其四），又有愿与诸君一道重振文风的表白（其三）；既有对黄庭坚在诗坛建树奇勋、一字风云的歌唱（其五），又有对其悟道绝俗、淡泊功名的人格魅力的向往（其七）。说古论今，笔力劲健，任意挥洒，恣肆奔放。有鉴于斯，黄庭坚《奉和文潜赠无咎篇末多见及以既见君子云胡不喜为韵》八首，有“张侯真理窟，坚壁勿与战。难以口舌争，水清石自见”句，从而谱写一曲古代文人寄赠奉和的佳话。晁补之（1053—1110），字无咎，晚号归来子，钜野（今山东巨野）人。宋神宗元丰二年（1079）进士，授澶州司户参军，改充北京国子监教授。元祐初，除秘书省，历迁校书郎、通判扬州、秘书丞。宋哲宗绍圣元年（1094），出知齐州，二年通判应天府，四年贬监处州酒税。宋哲宗元符二年（1099），改监信州，三年以著作佐郎召还京师，授尚书礼部员外郎，哲宗实录检讨官。又出知河中府，改知湖州，未赴，管勾江州太平观，遂还金乡闲居。宋徽宗大观四年（1110），授知达州，擢知泗州，未几病卒。张耒撰有《祭晁无咎

文》《晁无咎墓志铭》。晁氏为文凌厉奇卓，出于天性，诗词俱工，著有《鸡肋集》《晁无咎词》。书画兼擅，书法尤妙。“苏门四学士”中，张耒与晁补之声气相投，情感最为笃厚。张耒寄赠晁诗“惟应晁夫子，不可别顷刻”，“过去生中作弟兄，依然骨肉有余情”；晁补之称誉张耒“颇讶谪仙人，有籍白玉京”，“君诗容易不着意，忽似春风开百花”。

②汰拣：民国本作“汰简”。

③久乃：民国本作“久而”。

④无：民国本作“亡”。

赠翟公巽①

我昔出守来丹阳，江流五月如探汤。
使君之居在山腹，绕舍树石何青苍。
千年药根蟠井底，灵液浸灌通寒浆。
人言枸杞精变狗，夜吠往往闻空廊。
金山荡潏浪花里，一舸遥去随渔郎。
最奇岩斋人迹少，乳水时滴白石床。
翠鼋坡陀负日色，白骑②掀舞占风祥。
我留③金山凡十日，穷探力取无遗忘。
南风吹我渡江去，已厌淮南尘土黄。
二十年间多少事，身如疲马起复僵。
淮南穷栖众人后，朝食不充藜苋肠。
公来衰颜得一笑，侧听高论惊寻常。
穷阎过我坐至暮，满怀珠玉无秕糠。
乃知世间有清议，未可尽以己意量。
精金白璧天所宝，理无破碎委道旁。
半年耳冷不闻此，遇公矍然神激昂。
论交自顾已老丑，从事理绝随飞翔。

斯文有属不但尔，因公作诗我涕滂。

①宋徽宗政和二年（1112）秋，张耒的忘年旧友翟汝文（字公巽）出任陈州知州，时常造府拜访张耒，二人放言高论，感慰良多。张耒赋诗相赠，抚今追昔，不胜唏嘘。《宋诗钞》选录此诗。

②白骑：民国本作“白蹢”。

③留：民国本作“泊”。

赴亳州教官次韵和中书钱舍人及亳守晁美叔见赠[①]

久知疏慵难应接，勉强一官亲讼牒。
羁穷正似鸠无巢，摆去不如鱼有鬣。
从来书史钝蹊径，更叹诗骚穷事业。
几思狐白易絮纩，羞褫旧服求新夹。
又怜夸毗竟何得，把玩区区一蚊睫。
久知趋向合饥寒，正藉文章谩嚅嗫。
紫微丈人椽作笔，谁得羸师轻传[②]谍？
知擒敢慢武侯纵，有阱前知鲁侯敛。
荒芜满编求指摘，望以余光分暐晔[③]。
乃蒙称屈力褒扬，不意粪壤藏诸箧。
获如丘陵饱则可，良御不悦犹非猎。
平生赏遇有君子，处世虽钝吾知捷。
清闲得食学官禄，愿以诗书填吻颊。
牙悬喜校邺侯签，藤织新成沈郎笈。
晁公声名三十载，余事笔踪传法帖。
紫芝眉宇望不远，屈指数日无旬浃。
黄衫健步书见赐，紫诰除官等何躐。
久怀薄技待后乘，宣管盈囊纸来歙。

坐乖前计空惋怅，袖里从今双手压。
醉归应被官长瞠，未饱徒劳方朔腊。

①宋哲宗元祐元年（1086）春，张耒改官亳州教授，将赴亳州任，中书舍人钱勰、亳州太守晁端彦赠诗送行，张耒次韵和之，不辱二公荐举，并申赏遇之恩。钱勰（1034—1097），字穆父，吴越武肃王六世孙，以门荫入仕，出使高丽，以龙图阁待制知开封府，断狱敏捷，有“霹雳手”之称。出知越州，召拜工部、户部侍郎，进尚书，官至翰林学士，清正廉明。文章雄健，诗作清丽。书法崇古尚雅，识见超拔，对苏轼、黄庭坚、米芾影响至深。张耒妹嫁钱勰次子钱东美，故有姻亲之谊。晁端彦（1035—1095），字美叔，宋仁宗嘉祐二年（1057），与苏轼同登进士第，官至秘书少监。为晁补之叔父，时任亳州太守，聘张耒为学官。《元丰九域志》卷五：“望，亳州，谯郡，集庆军节度。治谯县。”
②轻传：民国本作“传间”。
③晔：民国本作“煜”。

闻子瞻岭外归赠邠老①

今晨风日何佳哉，南极老人度岭来。
此翁身如白玉树，已过千百大火聚。
皇天②留之付真主，世间毒烈计已误。
柯山潘子应鼓舞，与子异时从杖屦。

①宋徽宗建中靖国元年（1101）正月，刚刚奉诏进京的张耒闻听苏轼免罪北归过大庾岭的消息，欣喜若狂，援笔写下这首七言古诗寄赠柯山挚友潘大临。全诗以风日佳好起兴，格调轻松，一气呵成，比喻传神，痛快淋漓。只惜与苏公杖履从游的美好愿景终究化作梦幻泡影，殊为憾事。此诗被吕祖谦收入《丽泽集诗》。

②皇天：民国本作“望天”。

寄子由先生[1]

先生四十犹不遇，独坐南都谁与语。
青衫弟子天下穷，饥走京尘困羁旅。
高门得饭暂见肉，敝筐无实惟巢鼠。
楼头酒贵不敢沽，三百青铜输杜甫。
强颜讲学昧时宜，谩自吟诗愁肺腑。
平生不解谒贵人，况乃令严门者拒。
此生自料应常尔，但愿流年醉中度。
又思人世乐乃已，此外纷纷何足数。
豫期归日在凉秋，想见西风荡烦暑。
区区怀抱冀披豁，一尊愿驻东归橹。

①宋神宗元丰元年（1078）夏，张耒自楚州山阳赴京补官之际，前程未卜，百感交集，便作诗寄呈时任签书应天府判官的老师苏辙，以诉衷曲——先生年届四十，与弟子宛丘一别五年未曾晤面，而今流落京尘，求告无门。张耒期待秋天泛舟东归时，经过南京拜谒先生。

题韩幹马图[1]

头如翔鸾月颊光，背如安舆凫臆方。
心知不载[2]田舍郎，犹带[3]开元天子红袍香。
韩幹写时国无事，绿树阴低春昼长。
两髯执辔俨在傍，如瞻驰道黄屋张。
北风扬尘燕贼狂，厩中万马归范阳。

天子乘骡蜀山路[4]，满川苜蓿为谁芳！

①宋哲宗元祐二年（1087）夏，苏轼、苏辙、黄庭坚、苏颂、刘攽、王钦臣、张耒等人在汴京雅集，观赏李公麟所藏《韩幹马图》，苏辙赋诗《韩幹三马》，苏轼《次韵子由书李伯时所藏韩幹马》，于是黄、苏、刘、王均有次韵唱和，惟有张耒别开生面，作《题韩幹马图》。赵令畤《侯鲭录》卷一："元祐中，馆职诸公赋韩幹马诗，独张文潜最高胜。"此诗以马喻史，由韩幹笔下的骏马英姿导出大唐的开元气象，再转入安史之乱，"北风扬尘燕贼狂"，演成天子乘骡落荒窜蜀的悲剧，层递浑然，淋漓酣畅。

值得玩味的是，韩幹是唐代画家，以画马著称，现藏于美国大都会艺术博物馆的《照夜白图》，即唐玄宗坐骑的写真画像；李公麟是张耒的馆阁同僚，精于绘事，尤工鞍马，以白描笔法独步天下，传世的《五马图》，绘制五匹西域朝贡的名驹，各由一奚官牵引，后有黄庭坚题记每匹马的赐名、年龄、马厩等，淡毫清墨，光彩动人；张耒也不遑多让，于驭马、歌马、画马，各擅胜场。"我年十五游关西，当时惟拣恶马骑。华州城西铁骢马，勇士十人不可羁……"（《再和马图》）写有古乐府诗《天马歌》《拳毛騧歌》。同时，他喜欢画马，"墙东作瘦马，万里气骎骎"（黄庭坚《次韵文潜休沐不出二首》），苏轼叹为"妙墨"。

②不载：民国本作"不在"。

③犹带：《侯鲭录》作"尚带"。

④路：《侯鲭录》作"险"。

送孙志康赴高阳[1]

三觞草草岂足饮，聊具数刻留君欢。
年来故友半零落，每念及此伤肺肝。

淮阳穷栖幸见子，胸中郁结为少宽。
奈何舍我去不顾。薄宦谋食何艰难。
陈郊穷秋苦雨霁，积雨未受短日干。
念君匹马走坡坂，蒙犯霜雪勒征鞍。
吾曹②坎壈皆自取，之燕何得南其辕？
虽然男子岂常尔，且复养此凌云翰。

①宋徽宗大观二年（1108）秋，寓居陈州的孙勰从辟高阳、太原两路安抚司机宜文字，将赴任，张耒以诗相送。孙勰（1050—1120），字志康，虔州虔化人。宋哲宗元祐三年（1088）进士，授奉宁节度推官。除知岳州时，适逢岳阳楼失火，主持修葺一新。官至朝散郎。陈州黄寔之婿，与苏辙、张耒有姻亲之旧。晚岁归于陈州。尝从苏轼游，文辞典雅。高阳属瀛州河间郡防御，隶顺安军，治河间县。

②曹：民国本作“遭”。

初伏大雨戏呈无咎①

初伏炎炎坐汤釜，长安行人汗沾土。
谁倾江海作清凉，玄云驾风横白雨。
普陀真人甘露手，能使渴乏厌膏乳。
且欲当风展簟眠，敢辞避漏移床苦。
清贫学士卧陶斋，壁上墨君淡无语。
翰林但解嘲苜蓿，彭宣不得窥歌舞。
联诗得句笑出看，策马涉泥归闭户。
床头余榼定何嫌，窗外石榴堪荐俎。

①宋哲宗元祐二年（1087）六月十九日傍晚，汴京城突降一场大雨，在邻居晁补之的卧陶轩吟诗联句的张耒涉泥回到家已是深夜，意兴未阑，

题诗戏呈晁夫子。翌日清晨，他们奉诏即在汴京城西阊阖门外的同文馆锁院，张耒、晁补之等十九名秋闱试官封闭近三个月才出院。锁院开始的十来天，这些饱读诗书的试官无事可做，便以此诗为韵唱和十九首之多。更有甚者，唱和之风方兴未艾，十九名试官参与唱和者十三人。他们论诗谈艺，互鉴品评，卧月搜句，谐谑开怀，晁补之、张耒、邓忠臣、蔡肇、曹辅、李公麟、柳子文、孔仲武、余幹、商倚、温益、耿南仲等人的酬唱直至九月二十日开院才结束。今存同文馆唱和诗二百二十二首，吕肖奂《宋代酬唱诗歌论稿》述其原委颇详。

围棋歌戏江瞻道兼呈蔡秘校[1]

蔡子围棋非我敌，我谨事之如大国。
主盟召会不敢辞，近忽凭陵有骄色。
邹人战鲁固非宜，于越入吴谁可测。
愿君勿以大自骄，知小深谋战须克。
区区江子似邾娄，我如强鲁端能役。
凌兢螳臂屡见拒，我但怜子心难得。
近来措置尤小狩，何异穿窬时有获。
可怜痴将不知兵，请视吾旗岂冥北。
饥鱼贪饵不知钩，口虽暂美身遭食。
虽然吾亦守疆场，防患犹须谨蟊贼。
上攀蔡子虽已辽，晋楚周旋终有日。
下观江子行逾远，我进骎骎未知极。
嗟予自谓敢忘谦，事有真诚难掩抑。
为君聊发一笑端，欲问吾棋视斯檄。

①这首诗写于宋神宗熙宁十年（1077），其时张耒在山阳父丧守制，闲来常与江瞻道、蔡彦规诸友下围棋。此诗以棋喻兵，将棋局的攻防围堵描

摹得活灵活现，不愧是行家里手。江瞻道，淮南人，曾任汝阴尉，从张耒“江子贫而廉，乡党称其仁”的诗句可见其为人。蔡绳，字彦规，山阳人。秦观外舅徐成甫继室蔡氏之弟，曾任醴泉主簿、秘书省校书郎。卒于关中任上，归葬山阳。

围棋，古时称弈，别名黑白、方圆、手谈、坐隐、烂柯、忘忧、鸥鹭等，相传源于尧舜时代，降至赵宋，围棋流布朝野，极为盛行。御书院棋待诏李逸民搜集《棋经十三篇》暨历代棋谱、棋势一百多个对局，取宋徽宗诗句“忘忧清乐在棋枰”为书名，编撰我国第一部围棋理论经典《忘忧清乐集》。下棋可见人之性情。王安石《棋》诗：“莫将戏事扰真情，且可随缘道我赢。战罢两奁收黑白，一枰何处有亏成。”《遯斋闲览》记载：“荆公棋品殊下，每与人对局，未尝致思，随手疾应，觉其势将败，便敛之，谓人曰：‘本图适性忘虑，反苦思劳神，不如且已。’观此诗，则‘图适性忘虑’之语，信有证矣。若鲁直于棋，则不然。如‘心似蛛丝游碧落，身如蜩甲化枯枝’，则苦思忘形较胜负于一着，与介甫措意异矣。”（蔡正孙《诗林广记》后集卷之二）由是观之，张耒下围棋既非王安石“适性忘虑”，亦非黄庭坚“苦思忘形”，而是“得意忘谦”。相比之下，还是“胜固欣然，败亦可喜”的坡翁更胜一筹。

赠人三首[①]

未必蛸蛴如素领，故应新月学蛾眉。
引成密约因言笑，试得[②]真情是别离。
樽酒且倾寒[③]琥珀，泪妆更看[④]薄燕脂。
北城月落乌啼后，便是孤舟肠断时。

醉里纷纷散别筵，醒来客枕一灯前。
黄茅野岸三更月，春水长亭十里船。

一点泪凭谁寄与，十年香在恨依然。
空疑窗外梅花发，珠箔青楼若个边。

可是相逢意便深，为郎巧笑不须金。
门前一尺春风髻，城外[5]三更夜雨衾。
别燕从教灯见泪，夜窗惟有月知心。
东西芳草浑相似，欲望高城何处寻。

①原题下自注："次韵道卿。"宋神宗元丰七年（1084）十月，三十一岁的张耒赴咸平丞任。在咸平喜营妓刘淑女，以诗相赠。赵令畤《侯鲭录》卷一："张文潜初官通许，喜营妓刘淑女，为作诗曰……"《宋诗钞补》题作《赠营妓刘淑女》，仅录第一首和第三首。张耒另有《少年游》《秋蕊香》词二阕赠刘淑女，也是张耒诗歌中的异数。张耒一生两娶，结发妻子于元丰六年（1083）九月病逝于西京洛阳，此时正值爱情"空窗期"，移情营妓亦无可厚非。我们不妨大胆推测一下：张耒时隔一两年（宋哲宗元祐二年春以前）续弦的妻子，"大胜刘伶妇"，"当户理琵琶"，"灯前炉畔深杯暖，更听昭君出塞行"，如此善饮且多才多艺，会不会就是营妓刘淑女其人呢？

②试得：《宋诗钞补》作"认得"。

③寒：《宋诗钞补》作"浓"。

④看：《宋诗钞补》作"著"。

⑤城外：民国本作"窗外"。

四、纪行

“人事剧翻手，生涯真转蓬”，这是张耒夫子自道，也是其漂泊人生的真实写照。换言之，张耒常常不是在赴任途中，就是在被贬谪的路上。因此，纪行诗就成了他所到之处的“投名状”。

宋代实行路、州（府、军、监）、县三级地方行政管理制度。按地域美恶、户口多少划分等级，州分雄、望、紧、上、中、中下、下七等；县分赤、次赤、畿、次畿、望（四千户以上）、紧（三千户以上）、上（二千户以上）、中（千户以上）、下（不满千户）、下下（五百户以下）十等。陈州属京西北路，上州，辖宛丘（紧）、项城（上）、商水（中）、西华（中）四县。其时，扶沟（畿）、太康（畿）归开封府，沈丘（紧）归颍州，鹿邑（紧）归亳州，郸城尚未独立设县，为鹿邑一镇。宋徽宗宣和元年（1119），陈州升为淮宁府。

如果将张耒平生仕宦、贬谪、投闲、退隐的踪迹绘制成一幅地图，就会很直观地发现，以陈州为中心，可以辐射到汴京、临淮、寿安、咸平、润州、黄州、兖州、颍州……陈州是他出仕的起点、途经的驿站、投闲的栖息和归隐的家园。

毫不夸张地说，今天的周口大地上处处都留下了张耒舟车往来的印迹，举凡《鹿邑道中》《宛丘道中》《项城道中》《西华道中》《沈丘道中》，更兼太康崔桥、青桐，商水南顿（南顿时属商水），扶沟建雄。舟行，“河回迷向背，岸断忽桑麻”；陆走，“心随和风快，兴与飞云杳”。尤其是《宛丘道中》：“日斜沙路马翩翩，故欲迎凉不着鞭。谁解多情似新月，伴人归去照人眠。”诗情画意，轻松欢快，一副游子归来的可爱形象跃然纸上。

本章选诗二十九首。

鹿邑道中[①]

去岁秋时去，今年秋又来。浮名何所得，岁月苦相催。

①宋徽宗建中靖国元年（1101）夏末秋初，张耒由陈州东行经鹿邑赴颍州任；崇宁元年（1102）又是初秋时节，张耒罢汝州任，再过鹿邑时，不禁慨叹仕途蹇涩，浮名累人，岁月蹉跎。寥寥二十字，平白如话，却道尽世事沧桑。鹿邑县属淮南东路亳州谯郡。《元丰九域志》卷五："紧，鹿邑，州西一百二十里，六乡，郸城一镇，有涡水、明水。"郸城时属鹿邑县。

宛丘道中[①]

日斜沙路马翩翩，故欲迎凉不着鞭。
谁解多情似新月，伴人归去照人眠。

①这首诗创作时间不详，味其诗意，当在张耒供职汴京之前。陈州是张耒安顿漂泊灵魂的精神故园，每每行走在这片多情的土地上，宛如游子归乡的愉悦心境油然而生。全诗格调清新，意象鲜明，诗中有画，引人入胜。

项城道中[①]

尘壁苍茫有旧题，十年重见一伤悲。
野僧欲与论前事，自说年多不复知。

①据崔铭《张耒年谱及作品编年》，此诗作于宋哲宗绍圣三年（1096）秋。张耒自汴京回陈州，经过项城时，在一座寺院的墙壁上发现自己十年前赴亳州教授任，看望家兄张柔，途经此地留下的题记，字迹残剥，顿生伤悲，僧人问起前尘往事，只好推说早已忘却。崔说合乎情理，只惜汴京至陈州，无论水陆二途，一般都不经过项城，或特殊缘由绕道亦未可知。聊记于此，以俟续考。项城属京西北路陈州淮阳郡。《元丰九域志》卷一："上，项城，州东南七十里，七乡，蔡口、殄冠二镇，有颍水，百尺堰。"《宋诗钞》收录此诗。

初离陈寄孙户曹兄弟①

三年流落寓于陈，一命青衫淮水滨。
城北桥边长送别，扁舟今自作行人。

①此诗写于宋神宗熙宁七年（1074）八月，张耒赴临淮主簿任途中。诗中描述的是作者陈州游学三年，奉诏临淮赴任，好友北桥送别的情景。孙户曹，即孙朴，字元忠，郑州管城人。时任陈州属官，与苏辙有诗唱酬，因而与张耒相识。宋哲宗元祐二年（1087），孙朴和张耒同试学士院，擢为馆职。其父孙固，历皇太子侍读、工部郎中，官至右光禄大夫。户曹，掌地方户籍、赋税、婚姻、田宅、仓库交纳等事，官位为正七品下。

青桐道中值雨凡数里舟行久之颇有江湖之思二首①

系马操舟问楫师，却疑淮口挂帆时。
人间迁改何须问，便作江湖未可知。

冥冥烟外鸟飞归，野老得鱼收网回。
隔浦断霞沉欲尽，半弯新月出云来。

①宋神宗元丰七年（1084）秋，张耒自淮南赴咸平丞任，骑行至太康青桐道中，遇雨受阻，便操舟溯水而上。待到雨霁初晴，已是断霞落照、新月出云时分，乃作七绝二首，以寄江湖之思。青桐，镇名，属东京开封府太康县。《元丰九域志》卷一："畿，太康，京东南二百三十里，八乡，高柴、崔桥、青桐三镇，有蔡河、涡水。"《宋诗钞》收录此诗。

初见嵩山①

年来鞍马困尘埃，赖有青山豁我怀。
日暮北风吹雨去，数峰青瘦出云来。

①宋神宗元丰二年（1079）秋，张耒赴寿安尉任，自山阳一路西行，经停数州，拜亲访友，直至冬至前抵达颍昌府。冬至这一天，束装北上，至河南府登封县曲河驿，望见中岳嵩山，感而赋诗。写山拟人，清瘦出云，风尘仆仆，豁然开怀。全诗首句以仕宦困顿起兴，末句点明主题，结构新颖，自然奇逸，颇受后人青睐。钱锺书先生将其纳入《宋诗选注》即是明证。

怀金陵①

曾作金陵烂漫游，北归尘土变衣裘。
芰荷声里孤舟雨，卧入江南第一州。

①宋哲宗绍圣三年（1096）春，张耒罢宣州任，北归途经金陵（今江苏南京），流连十日。是年秋，张耒自汴京赴陈州，追怀金陵旧游，赋七绝三首，这是其中第三首。据王士禛《池北偶谈》记载，为朱彝尊举宋人绝句可追踪唐贤者数十首，此诗赫然在列。程千帆先生在《读宋诗随笔》中，对这首诗的结构艺术给予充分肯定："此诗以结构论，首句平起，次句逆接，后半实写烂漫游程，又与前句绾合。这样便突出了题中'怀'字。结构是伴随着作者的思路而产生的。诗人在金陵无拘无束地浪游的时候，也许并没有觉得这个地方是多么可爱，可是一经北上，洁白的衫子被扑面的风尘染成黑色，这就使他不能不回忆起青山似染、江水如蓝的江南来。在风沙遍地的北方想念气宇明丽的南国时，诗人不由得将自己的回忆集中在一点上，即初到金陵时的光景。他是在一种美妙如画的景色中，安静而悠闲地到达金陵的，对金陵的第一印象是极为深刻的。因此才有后来的烂漫之游。这，就对金陵可怀之处作了丰富的暗示。也就是说，该写的都写了。不用写的，又何必再费笔墨呢？在这些地方，作者是应当信任读者，让他们去驰骋各自的想象的。"品鉴如此，叹为观止。

过蕲泽[①]

雄吞六国弱秦强，壮士逡巡野水傍。
耕叟不知鸿鹄志，笑观宫室忤陈王。

①这首七言绝句或作于宋神宗元丰二年（1079）秋张耒赴官寿安途中。蕲泽原是秦二世元年（前209）陈胜吴广起义之地，张耒舟行汴河过此，怀古赋诗。诗中并没有显现陈胜率军攻占淮阳、自立为王、国号"张楚"的赫赫功绩，而是以当年佣耕垄上的豪言壮语"燕雀安知鸿鹄之志"入诗，礼赞壮士不畏强暴的坚强品格。蕲泽属淮南东路宿州临涣县。《元丰九域志》卷五："紧，临涣，州西南九十里，三乡，柳子、

蕲泽二镇，有嵇山、汴河、淝水。”

离陈至西华[①]

落日照原隰，晚风吹客鞭。空巢霜后木，残枿烧余田。
憔悴贫中客，苍茫岁暮天。远游轻道路，无地息劳肩。

①宋神宗元丰二年（1079）冬日，张耒赴寿安任途经陈州。离开陈州西行，夕阳西下，夜宿西华，以诗抒怀。西华县属陈州淮阳郡。《元丰九域志》卷一：“中，西华，州西八十里，四乡，长平一镇，有宜阳山、蔡河、颍水。”民国本题作《离陈至华西》，“华西”疑为“西华”之误。

离建雄途中[①]

远水悠悠静，孤樯袅袅迟。草深春已后，麦秀日长时。
聚语条桑妇，行歌拾穗儿。年丰随处乐，飘泊我何为？

①宋哲宗元祐元年（1086）春，张耒赴亳州教授任，离京南下，经建雄向东，再由崔桥、长平，至陈州。在建雄途中，张耒远眺孤帆静水，麦秀草长，近闻妇孺笑语欢歌，一声自问“飘泊我何为”，不禁感慨系之。建雄，镇名，属东京开封府扶沟县。《元丰九域志》卷一：“畿，扶沟，京南一百八十里，五乡，建雄、义声二镇，有祁耶山、洧水、白水。”

发崔桥[①]

野麦平芜垄，官榆卧古津。眠鸥沙上晓，幽草水边春。
暖叶生浮绿，风漪起细鳞。青新桑媪筥，茜净浣娘裙。
有客悲芳芷，无人采白苹。可怜千里目，愁杀未归人。

①这是一首五言长律诗，写于宋哲宗元祐元年（1086）春，赴亳州教授任途中。崔桥，镇名，属东京开封府太康县。

泊长平晚望[①]

川稳夷犹棹，春归杳霭天。翠深交岸树，绿远望川田。
渔酒数家市，帆樯何处船。登临一回首，无恨亦依然[②]。

①此诗写于宋哲宗元祐元年（1086）春赴亳州教授任途中。长平，镇名，属陈州西华县。顺治本《陈州志》卷一："长平故城，在州城西北七十里，西华县东北，汉置县，属淮阳国。"
②此句民国本作"无限意茫然"。

发长平[①]

归牛川上渡，去翼望中迷。野水侵官道，春芜没断堤。
川平双桨上，天阔一帆西。无酒消羁恨，诗成独自题。

①这首诗是继《泊长平晚望》之后，第二天扬帆出发时所作。此诗由景

及人，自然洒脱，颇有唐诗风致。方回有“虽自然，无不工处”之誉，纪昀续评道：“此评七字，初看如不贯串，细玩乃甚精密。盖贪自然者，多涉率易粗俚。自然而工，乃真自然矣。”（《瀛奎律髓汇评》卷二十九）

八月三日舟行自蔡河赴临淮[①]

旷野天垂地，川晴水见沙。河回迷向背，岸断忽桑麻。
水阔时浮鹭，陂寒乍集鸦。年饥田濩落，岁晚客悲嗟。
新月排云水，西风送日斜。孤舟何处宿，故国已天涯。

①宋神宗熙宁七年（1074）八月三日，张耒启程赴临淮主簿任，乘舟沿蔡河东下，宛丘渐行渐远，赋诗寄怀。临淮县属淮南东路泗州临淮郡。《元丰九域志》卷五：“上，临淮，州北六十里，六乡，青阳、徐城、安河、十八里河、翟家湾五镇，有磬石山、汴河、淮水、涣水。”泗州州治在盱眙县。

至安化驿先寄淮阳故人[①]

萧条安化驿，倦客思悠哉！积水连天阔，青山送客来。
疏篱风卷叶，败屋雨生苔。寄语淮阳旧，人今放逐回。

①宋徽宗崇宁五年（1106）正月，朝廷大赦天下，张耒叙复承议郎，监南山岳庙。三月，诏许任便居住。“一旦舍此去，触物不无情。”十一月，五十三岁的张耒自黄州北归，行至安化驿，赋诗先寄淮阳故人，告诉他们一个迟来的喜讯“人今放逐回”。安化驿，今址不详。

发安化回望黄州山①

流落江湖四见春，天恩复与两朱轮。
几年鱼鸟真相得，从此江山是故人。
碧落已瞻新日月，故园好在旧交亲。
此生已免嘲伧父，莫避北风京洛尘。

①张耒离开安化驿前，回望流落四年的黄州山川，慨然咏怀。诗中五、六句描写自己有幸遇到新君赦罪放归，犹如看到天上的日月；不久即可见到淮阳的故旧亲朋，心情无比喜悦。陈衍《宋诗精华录》选录张耒诗九首，兹为其一。

下春风岭①

东归已过春风岭，度尽千山路渐平。
人事水泡能几日，流光驹隙却堪惊。
居人落落多新屋，行店依依认旧程。
世事饱谙身已老，区区来往笑浮生。

①宋哲宗元符三年（1100）秋，张耒怀着蒙恩起复的欣喜之情，自黄州赴兖州，行经光州春风岭，不胜今昔之感。本诗格调轻松明快，首联有杜诗“即从巴峡穿巫峡，便下襄阳向洛阳”遗意。张耒《明道杂志》：“余谪官时，自宛丘赴黄，自陈逾蔡，由蔡道光乃至。自蔡之新息东门渡淮后，遂入光境，皆大山峻岭，险处更不通马，徒步而登。其著者，曰驴笑、门限、春风、鲍家，皆岭名也。”《舆地纪胜》卷四十九：“春风岭在麻城县，岭多梅花，东坡自新息渡淮由是岭，见于诗咏。”

出都有感[1]

来时雪尽花初发，归去柳阴蝉乱鸣。
四序风光半为客，百年飘泊一浮名。
春来多病思高卧，老去违时畏后生。
若有黄精换华发，敢随皁马[2]到高城。

①宋徽宗建中靖国元年（1101），张耒除秘书少监，以疾病出知扬州，寻改陈州，又改颍州。夏初出都赴颍州任，念及年长体衰，宦海沉浮，赋诗感怀。

②皁马：民国本作“车马”。

宿泗州戒坛院[1]

楼上鸣钟门夜扃，风檐送雨入疏棂。
老僧坐睡依深壁，童子持经守暗灯。
千里尘埃长旅泊，五年忧患困侵陵。
谁知避世天然子，一见禅翁便伏膺[2]。

①宋徽宗崇宁五年（1106）冬月，张耒自黄州经安化驿，过道士矶，至宿州，一路有诗。再到泗州盱眙，盘桓两月，受到故旧新朋的款待。一日，僧友相邀投宿戒坛院，追忆羁旅黄州五年忧患，还不如持经避世。纪昀认为此诗“虽不深重，亦自疏爽”。泗州属淮南东路。《元丰九域志》卷五：“上，泗州，临淮郡，军事，治盱眙县。”

②原注：“天然，丹霞也。”

自海至楚途次寄马全玉[①]

萧萧晚雨向风斜，村远荒凉三四家。
野色连云迷稼穑，秋声催晓起蒹葭。
愁如夜月长随客，身似飞鸿不记家。
极目相望何处是，海天无际落残霞。

①原题八首，这是第六首。宋神宗熙宁九年（1076）夏末秋初，张耒的父亲病逝于楚州山阳。张耒正在海州公干，这首诗写于离海州赴山阳奔丧途中。此诗颇受后人好评，潘德舆《养一斋诗话》卷五列举“愁如夜月长随客，身似飞鸿不记家”联句，称之为“中唐以上风格，不堕晚唐门径”。马全玉，生平不详，二人相识于海州，谈禅论艺，往还密切。海即海州，属淮南东路。《元丰九域志》卷五：“上，海州，东海郡，团练，治朐山县。”楚即楚州，与海州同属淮南东路。《元丰九域志》卷五：“紧，楚州，山阳郡，团练，治山阳县。”

西华道中[①]

我行陈许郊，千里平若掌。居民杂荆榛，耕少地多旷。
野兔乍跳奔，惊鸢或高飏。乔林多疾风，寒涧有余涨。
棘篱蔽茅屋，鸡犬入村巷。主人扫土榻，秣马具朝饷。
童儿汲土井，败饭堆瓦盎。勿悲为生陋，自足无他望。
嗟余走薄宦[②]，奔走年将壮。长抱羁旅愁，何时税归鞅？

①宋神宗元丰二年（1079）冬月，张耒赴寿安尉任，此诗写于从西华到许州的途中。这是一首长达二十句的五言古诗，在张耒的纪行诗中是比

较鲜见的。前十六句采用散文叙事的笔法铺陈郊野村舍的实景，诗调缓徐有致，描写栩栩如生，活脱脱一幅鸟飞兔走、安贫自足的北宋版农家乐。后四句嗟叹整天奔走薄宦，不知何时才能息驾休闲。诗中“税归鞅”三字，在古诗中常见，如谢朓诗“久矣倦路长，无由税归鞅”；李白诗“渺然一水隔，何由税归鞅”；韦应物诗“幸蒙终夕欢，聊用税归鞅”。《方言》：“舍车曰税。”税，古通“脱”。鞅，指系在马颈或肚子上的皮带。税归鞅，就是脱下车驾不复出行。《宋诗钞》选录此诗。

②薄官：民国本作“薄宦”。

沈丘道中[①]

霜雾沉远星，芳林语春鸟。客眸带余睡，马力健清晓。
凝烟披草际，初日动林表。心随和风快，兴与飞云杳。
芬菲怅已晚[②]，夏阴生桑枣。慷慨一据鞍，此怀殊未了。

①宋哲宗元祐元年（1086）春，张耒赴亳州教授任，先经停陈州，又绕道沈丘，看望时任沈丘令的哥哥张柔。这首诗写于沈丘道中。清晨余睡初醒，轻骑微服上路，迎着初日烟霭，时闻幽林鸟语，“心随和风快，兴与飞云杳”正是其内心独白。沈丘属颍州汝阴郡。《元丰九域志》卷一：“紧，沈丘，州西一百一十里，三乡，永安一镇，有武丘。”

②此句原作“芬菲已晚怅”，据民国本改。

谪官黄州至南顿驿同李从圣叔侄草草小饮[①]

共饭何草草，客来从远道。
倾壶得残酒，聊以开怀抱。
年将半百两鬓华，谪官憔悴来天涯。

神理可凭我道在，不应长遗路人嗟。

①这首诗写于宋哲宗绍圣四年（1097）闰二月离陈赴黄州途中。此诗的特别之处是前四句为五言，写草草小饮之状；后四句为七言，转韵抒发怀抱。李从圣，生平不详。南顿原为古顿国，属陈州商水县。《元丰九域志》卷一：“中，商水，州西南八十里，五乡，南顿、白帝、谷阳三镇，有颍水、商水。”

自南京之陈宿柘城[①]

荒城人稀荆棘老，野兔惊跳出寒草。
苍苍落日黄云西，驱马城边寻古道。
入门四顾皆桑田，居民三五依道边。
暮投佛寺下马立，冲眼满屋燃萁烟。
老僧自言八十余，老矣不能营所居。
村僮依灶展败席，上有空梁悬木鱼。
旋汲新泉濯双手，青灯照客黄昏后。
群儿烂漫眠我前，新月欲倾光入牖。
夜敲僧室借酒壶，不惜青钱取次沽。
酒香入户推枕起，剔灯吹火燃铜盂。
大杯一沃不留滴，满眼梦然睡来集。
明朝上马倒残壶，不怕新霜败裘湿。

①宋神宗元丰二年（1079）秋，张耒自山阳启程赴寿安尉任，行至永城因病耽搁两个月，至南京拜谒苏辙时已是寒冬。这首诗写于自南京（今河南商丘）到陈州途中。全诗直叙亲历实景，尤其是夜宿柘城佛寺的描写，生动传神，如在目前。南京，唐称宋州，后改归德军、应天府。宋真宗大中祥符七年（1014）升为南京，治宋城县。柘城属南京

应天府，《元丰九域志》卷一："畿，柘城，京西南八十里，七乡，八桥一镇，有涣水、包水、泓水。"

将至都下①

竟陵南望稻新熟，梦泽悠悠伤远目。
春风岭上望齐安，太昊城边揽秋菊。
那知岁暮东州客，大山苍寒晓霜白。
云收雾卷日月明，却上天衢瞻玉色②。
敝裘瘦马③古道长，九旬刺史归空囊。
归去故人应笑我，满衫清泪说浔阳。

①宋哲宗元符三年（1100）九月初，张耒到兖州。仅仅九十天（九旬）便以太常少卿奉诏赴京，这首诗写于回京途中。诗中追忆元符二年（1099）徙复州监酒税以来的仕迁经历，感时伤怀，不觉泪洒衣襟。都下，即京都。

②玉色：民国本作"五色"。

③瘦马：民国本作"疲马"。

淮阴阻雨①

樯竿日日春风转，渺渺孤舟数家县。
朝来雨暗隔淮村，白浪卷沙吹断岸。
渡头杨柳湿青青，桥下涓涓野水生。
满尺白鱼初受钓，断行孤雁②故能鸣。
平生行止任迟速，篷底欠伸朝睡足。
从来江海有前约，老去尘埃无可欲。

晓天暖日生波光，桃杏家家半出墙。
春日春波好相待，短帆轻橹可须忙。

①宋徽宗大观二年（1108）春，五十五岁的张耒一切收拾停当，携眷自山阳至陈州定居，途经淮阴遇雨受阻，以诗寄怀。

②孤雁：民国本作“归雁”。

海州道中二首①

孤舟夜行秋水广，秋风满帆不摇桨。
荒田寂寂无人声，水边跳鱼翻水响。
河边守罾茅作屋，罾头月明人夜宿。
船中客觉天未明，谁家鞭牛登陇声？

秋野苍苍秋日黄，黄蒿满田苍耳长。
草虫咿咿鸣复咽，一秋雨多水满辙。
渡头鸣舂村径斜，悠悠小蝶飞豆花。
逃屋无人草满家，累累秋蔓悬寒瓜。

①宋神宗熙宁八年（1075）秋，临淮主簿张耒因公务两赴海州，这两首诗即作于海州道中。第一首叙述船上人家的秋夜生活，第二首描绘农村秋日的苍凉景象。对比鲜明，平易晓畅。莫砺锋先生在《讲宋诗课》中特别拈出第二首，称“此诗在艺术上堪称不衫不履，纯用白描，自然质朴，写景如画。它在声情上也颇有特点，一、二句押平声阳韵，三、四句转押入声屑韵，后四句又转押平声麻韵。随意转韵，声情古朴，很好地衬托了诗人在荒凉秋景中的萧索心情”。本诗被钱锺书先生收入《宋诗选注》。

五、岁时

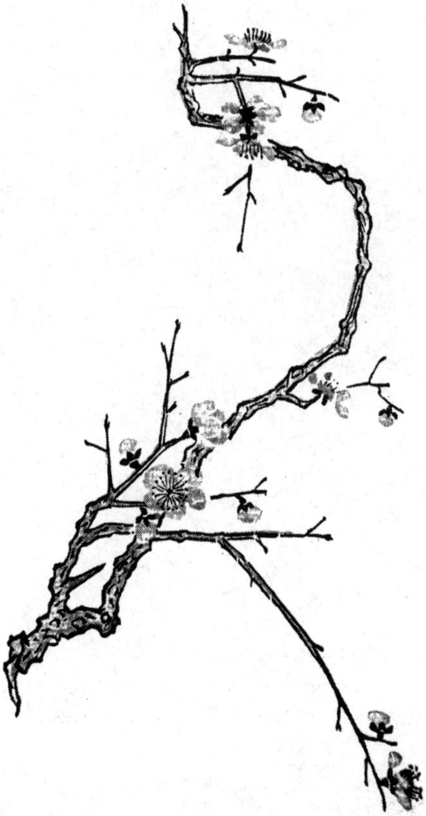

“扰扰劳生移岁月，纷纷过眼旋尘埃。”仕途蹭蹬、羁旅困蹇的张耒，对于四时节序、寒暑炎凉、风霜雨雪、阴晴圆缺等自然现象的敏感超乎常人，时有感发，赋诗寄怀，岁时篇什尤多。仅在南宋蒲积中编著的《古今岁时杂咏》中就收录张耒的岁时诗逾百首，由此可见一斑。

南朝文学批评家钟嵘《诗品序》曰：“气之动物，物之感人，故摇荡性情，形诸舞咏。”诚哉斯言！张耒在《上文潞公献所著诗书》中有着更为形象的阐述：“人之生于天地之间，目之所见，耳之所闻，心之所思，一日之间无顷刻之休。而又观夫四时之动，敷华发秀于春，成材布实于夏，凄风冷露、鸣虫陨叶而秋兴，重云积雪、大寒飞霰而冬至，则一岁之间无一日隙。以人之无定情，对物之无定候，则感触交战，旦夜相召，而欲望其不发于文字言语，以消去其情，盖不可得也。则又知诗者虽欲不为，有所不能。”明乎此，便是我们步入赏读张耒诗文门径的津梁。

值得一提的是，张耒仿效刘禹锡（字梦得）乐府诗《送春曲三首》而创作的《用刘梦得三题》，不知何故被编入《宛丘先生文集》卷三十八绝句，姑且照录于此：“春向晚，斜日在高楼。幽花愁脉脉，轻絮去悠悠。冉冉三更雨，萧萧通夜愁。　春已暮，把酒送春归。花落鸣禽散，草长游客稀。去年堂上燕，故故傍人飞。　春竟去，白发感生平。流水去不断，夕阳犹有情。旧时桃李月，悄悄向人明。”

本章选诗四十二首，以春夏秋冬为序，自《一日复一日》以迄《天运》。

一日复一日①

一日复一日，炎凉行一周。异乡犹在望，白发久生头。
且看寻橦技，休怀失马忧。天公有至信，万古一春秋。

①这首诗创作年代不详，观其意旨，或在元丰年间。张耒困于州县微官，早生华发，感时抚事，浮生如戏，炎凉春秋。

立春三首①

天上春来谁报人，江山气象一时新。
懒将白首簪幡胜，寿酒三杯慰逐臣。

风光先着竹间梅，和气应从九地回。
桃李满园浑未觉，微红先向宝刀开。

苍龙阙角回金斗，文德门南散晓班。
车马纷纷残雪里，镂银剪彩舞新幡。

①宋徽宗崇宁元年（1102）九月初三日，责授房州别驾的张耒抵达黄州公所，寓居郡东乾明寺。十二月二十一日立春，感而赋七绝三首。黄庭坚时监鄂州在城盐税，刚从黄州看望张耒归来，作《次韵文潜立春日三绝句》《再次前韵》，称张耒“传得黄州新句法，老夫端欲把降幡”。

新　正[1]

新正阅月天苦阴，白日未照草木心。
黄州城中人迹少，江汹涌兮[2]山崎嵚。
柯山老人尽日闲，暖依薪炭不出山。
阑风伏雨莫收拾，不念厚土何时干。

①此诗民国本只有前四句。创作时间不详，或继《立春三首》之后。新正，指农历新年正月，也是农历正月初一、元旦的旧称。柯山老人，乃张耒自称。

②江汹涌兮：民国本作“江涛涌汹”。

上元日驾回登楼二首[1]

紫雾氛霏阊阖开，团团明月上天来。
香车百两天街晚，清跸一声仙仗回。
灯隔画帘时闪烁，风穿高幕故徘徊。
太平日久多闲暇，簪笏从容侍燕杯。

长街十二远相通，阊阖峨峨彩雾红。
天白华灯交皓月，楼寒珠幕荡春风。
车头笑语归时醉，城下传呼夜向中。
自古长安多乐事，周南留滞意何穷[2]。

①宋哲宗绍圣四年（1097）上元节，华灯初上，寓居宛丘南门灵通禅院的张耒回忆当年汴京上元日的奢华盛况，以诗记之。结句借用“周南

留滞”（汉武帝元封元年封禅泰山，太史公司马谈滞留周南，未能躬逢其盛，含恨而死）的典故，表明自己羁旅他乡，不受重用。上元日，即正月十五日，上元节，又称元宵节。

②原注：“予方寓陈。”

二月二日挑菜节大雨不能出[①]

久将菘芥芼南羹，佳节泥深人未行。
想见故园蔬甲好，一畦春水辘轳声[②]。

①这首诗为张耒谪居黄州时所作。挑菜节这一天赶上大雨，泥深路滑，不能出门，篷窗兀坐，不由得想见陈州蔬圃，雨滴愁肠，仿佛是汲水灌园的辘轳声。挑菜节为我国民俗节日，农历二月初二日，仕女出郊拾菜，士民游观其间。南北方风俗不同，《陈州志》有载。

②原注：“北方治菜畦如棋枰，土极细匀，汲井灌之，次第相及，殊可观也。”

二月十五日[①]

春风扬尘春日白，衡门向城人寂寂。
淮阳三月桃李时，街头时有卖花儿。
老人卧稳起常晚，欲强出游心独懒。
一尊美酒酬芳菲，老大不及年少时。

①此诗原缺，据民国本补。张耒作于晚年寓居陈州期间。苏辙《李简夫少卿诗集引》：“陈人喜种花，比于洛阳。每岁春夏，游者相属弥月。”二月十五日，是我国民间流行的岁时八节之一——花朝节，俗称百花生

日，与八月十五日中秋节相对，分作“花朝”和“月夕”。顺治本《陈州志》卷一：“二月十五日，花朝，士多宴赏，如李白桃李园游赏故事。”

寒　食①

庭院轻寒新雨过，江城寒食野花飞。
故园北望一千里，极目江枫客未归。

①这是一首张耒谪居黄州时创作的岁时诗。纪昀评之为“峭拔而雄浑，与‘江西’野调不同”。故园指陈州。寒食，是我国唯一以饮食习俗命名的传统节日，相传为纪念介子推死难之日禁火寒食而得名，后来逐渐演化为祭扫、踏青等习俗。时间是清明节前一两日。在中国古代书法艺术史上，为人津津乐道的苏轼《黄州寒食诗帖》，号称“天下第三行书”，原诗帖和黄庭坚跋文现藏于台北故宫博物院。

寒食歌①

东风芳草长，寒食春茫茫。
人家掩门去，鸡犬自相将。
原头簇簇柳与花，行人往来长叹嗟。
旧坟新冢累累是，裂钱浇酒何人家？
桑上鸣鸠唤山雨，雨脚萧萧山日暮。
归来门巷正春寒，花底残红落无数。
北里悲啼夜未休，清弦脆管起南楼。
古今歌哭何时尽，芳草白杨春复秋。
去年巧笑秋千女，今年嫁作东家妇。

彩绳画柱似当年，只有朱颜不如故。
百人学仙无一成，麻姑不见但闻名。
万斛春醪须痛饮，江边渔父笑人醒。

①这是张耒谪居黄州时创作的一首古乐府歌诗，五言七言，四句一韵，婉转曲折，意象开张。《宋诗钞》收录此诗。

一百五歌[①]

山民岁时事莽卤，犹知拜扫一百五。
平明士女出城闉，黄土冈前列尊俎。
箬包粉饵蒸野蔌，富家烹羊贫荐鱼。
日暮肩舆踏风雨，江乡人家无犊车。
插花饮酒山边市，醉后歌声动邻里。
南人闻歌笑相寻，北人闻歌泪满襟。

①这是张耒谪居黄州时创作的另一首寒食诗。唐诗《寒食》有“不知何处火，来就客心然”句，漂泊江乡的张耒心无所依，以祭祖诗句来寄托游子之思。“南人闻歌笑相寻，北人闻歌泪满襟”，读来令人心酸。一百五，即寒食，指立冬后的第一百五十天，或指冬至后的第一百零五天，故名。民间自古有“一百五，去添土”之说。

清明卧病有感二首[①]

支离卧病逢佳节，漂泊西游寄洛城。
重帽畏风惟益睡，青筇扶步不禁行。
红飘残萼知风急，绿满新枝听鸟声。

不见贾生遗宅处，空传[2]金谷旧园名。
悲歌身世惊将老，怅望古今空复情。
笑看家人竞时节，争持新火照清明。

飘萍着处即为家，伏枕悠悠对物华。
处处秋千竞男女，年年寒食乱风花。
药囊亲坐劳频检，酒瓮生尘亦可嗟。
未老会寻吴市卒，苦贫须种邵平瓜。
云烟南望群山会，水树东流[3]去路斜。
行止此身应有命，不须辛苦问生涯。

①宋神宗元丰六年（1083）清明，闲居洛阳的张耒卧病在床，感赋七言长律二首。这一年是张耒人生的多事之秋，年初罢官投闲，清明身染疾患，九月发妻亡故，稚子尚幼，昼夜啼泣，悲忧煎熬，飘萍无定。

②空传：《古今岁时杂咏》作“空留”。

③东流：民国本作“东浮”。

三月一日马令送花[1]

未说浔阳别泪痕，江边苹芷不胜繁。
不知来岁在何处，又对新花忆故园。
插帽每惭辉白发，飞香曾伴照清尊。
去年今日淮阳道，落絮残红正断魂。

①这首诗作于宋哲宗元符元年（1098）三月一日。一年前，张耒落直龙图阁、谪监黄州酒税，自淮阳赴黄州任。漂泊异乡，魂牵梦绕的仍是陈州故园。马令，生平不详。

感　春[1]

飞鸿归尽燕将还，亭院深沉人倚栏。
斜搭秋千寒食雨，已黄杨柳暮春寒。
密妆杏萼红如糁，半落梅花香未残。
人世年年非旧事，感时惟有泪汍澜。

①民国本题作《七言》。宋神宗元丰七年（1084），清明时节雨纷纷，寄居陈州的张耒尚在失妻之痛中不能自拔。

春　雨[1]

浪浪檐前雨，昼夜来不极。青苔生空廊，蜗涎被四壁。
出门无所往，端若[2]守笼翮。呜呼林中鸠，聒聒方自得。
林花扫余姿，高柳沐佳色。悠悠三月残，春物行欲息。
感之欲何奈，取醉遣朝夕。穿泥得新笋，紫箨裹新白。
从容妇子语，草草田野食。明日还复然，慵顽已成癖。

①张耒晚年寓居陈州，贫闲有余，作诗平淡自然。这首诗描写的是暮春三月之景，不徐不疾，得心应手，令人如沐春风。
②端若：民国本作“端居”。

春词二首[1]

残红新绿间秋千，寒食园林人意阑。

一阵春寒花上起，画廊连夜雨珊珊。

霭霭芳园谁氏家，朱门横锁夕阳斜。
鸠鸣鹊噪闲庭馆，尽日春风吹百花。

①此诗创作年代不详，崔铭《张耒年谱及作品编年》将其系于宋神宗元丰七年（1084）春，张耒在陈州时作。

端　午[①]

竞渡深悲千载冤，忠魂一去讵能还。
国亡身殒今何有，只有《离骚》在世间。

①民国本题作《和端午》，创作时间不详。张耒平生服膺屈原，酷爱《楚辞》，长于骚体诗。这首诗以端午竞渡起兴，吊古伤今。

四月二十三日昼睡起[①]

幽人睡足芭蕉雨，独岸纶巾几案凉。
谁和熏风来殿阁，不知陋巷有羲皇。

①这首诗作于宋徽宗大观、政和年间。张耒寓居陈州，纵酒吟诗，快然自足。陶渊明“尝言夏月虚闲，高卧北窗之下，清风飒至，自谓羲皇上人”（《晋书》卷九十四）。唐诗有“熏风自南来，殿阁生微凉”句，可以对读。古人有八风之说，东南曰熏风。

夏　至[①]

长养功已极，大运忽云迁。人间漫未知，微阴生九泉[②]。
杀生忽更柄，寒暑将成年。崔嵬干云树，安得保芳鲜。
几微物所忽，渐进理必然。韪哉观化子，默坐付忘言。

①这是张耒晚年寓居陈州时创作的岁时诗。以议论为诗，阐述四时寒暑交替、物极必反的道理。

②九泉：民国本作“九原”。

仲　夏[①]

云间赵盾益可畏，渊底武侯方熟眠。
若无一雨为施泽，直恐三伏便欲然。
算商酤酒有底急，束带坐曹真欲颠。
平生不解作热客，且复饱食窥陈编。

①这首诗作于张耒供职汴京期间。时值仲夏，酷热无雨，肥胖的张耒更是苦暑欲颠，戏以七律一首解嘲。赵盾是春秋时期晋国权倾朝野的正卿，炙手可热，有“夏日之日”之喻。武侯，卧龙之谓也。尾联“热客”，一语双关，意谓不愿与趋炎附势的小人同流合污。

出伏后风雨顿凉有感三首[①]

西风[②]振秋晓，万境一凄清。幽草虫响息，高叶露华凝。

戢翼乌[3]尚宿，引吭鸡屡鸣。淹留度华岁，怅然难为情。

三伏如汤釜，熏煮理亦足。西风半夜雨，窗户一清肃。
那能惜摇落，共喜过炎燠。老人亦晨起，稍进杯中绿。

残暑扇中尽，新凉枕上归。微云起平远，空碧上朝曦。
稍感夏衣薄，渐伤高叶稀。来鸿飞集喜，卒岁稻粱肥。

①这一组三首五言古诗是张耒晚年寓陈之作。出伏，一般指三伏天结束后的第一天，代表暑热退去，天气转凉。张耒《出伏调潘十》有句："伏尽热随尽，古语常有凭。"
②西风：民国本作"秋风"。
③乌：《古今岁时杂咏》作"鸟"。

夏日三首[1]

长夏村墟[2]风日清，檐牙燕雀已生成。
蝶衣晒粉花枝午，蛛网添丝屋角晴。
落落疏帘邀月影，嘈嘈虚枕纳溪声。
久判两鬓如霜雪，直欲樵渔过此生。

黄帘翠幕断飞蝇，午影当轩睡未兴。
枕稳海鱼镌紫石，扇凉山雪画青缯。
廊阴日转雕栏对[3]，坐冷风生玉碗冰。
满案诗书尘蠹甚，故应疏懒过炎蒸。

枣径瓜畦经雨凉，白衫乌帽野人装。
幽花避日房房敛，翠树含风叶叶凉。

养拙久判藏姓字，致身安事巧文章。
汉庭卿相皆豪杰，不遇何妨白发郎。

①这是张耒谪居黄州时所作的三首咏夏诗。张耒的咏夏诗不少，而历代评家似乎对第一首更感兴趣，歧义亦多。兹据《瀛奎律髓汇评》择要抄录几则可见一斑。冯舒："第六句好，后二句亦撒。"查慎行："三、四对句更胜。"纪昀："三、四自是好句，然细味之，乃春暖诗，不见夏景。通首皆昼景，'月'字无着。"许印芳："三、四语夏日亦有此景，但宜作初夏耳。原诗首句作'长夏'，愚为易作'初夏'。全诗皆屋舍中事。'吾庐'，原本作'郊墟'，与后文相隔太远，亦为易之。中二联前言昼景，后言夜景。晓岚谓'月字无着'，谬矣。结句写怀，是全诗归宿处。冯氏嫌宽，意谓不切夏日，岂知古人作诗重在写意，于天时地理皆无处处黏滞之死法也。"至于第二首，查慎行："三、四笔有余清。"纪昀："三、四碎而凑，最为小样。"第三首，纪昀评为"流利可诵"。如此看来，古人评诗，难免落入"诗文无定价，一则眼力不齐，嗜好各别；一则阿私所好，爱而忘丑"（薛雪《一瓢诗话》）的窠臼。

②村墟：民国本作"江村"，《丽泽集诗》作"村居"。

③对：民国本作"树"。

七夕歌①

人间一叶梧桐飘，蓐收行秋回斗杓。
神官召集役灵鹊，直渡银河②云作桥。
河东③美人天帝子，机杼年年劳玉指。
织成云雾紫星④衣，辛苦无欢容不理。
帝怜独居无与娱，河西嫁与⑤牵牛夫。
自从嫁得⑥废织纴，绿鬓云鬟朝暮梳。
贪欢不归天帝怒，谪归却理⑦来时路。

但令一岁一相见⑧，七月七日桥边⑨渡。
别长会少知奈何，却悔从来欢爱多⑩。
匆匆万事⑪说不尽，烛龙已驾随羲和。
河边灵官催晓⑫发，令严不管轻离别。
空将泪作雨滂沱⑬，泪痕有尽愁无歇。
我言⑭织女君莫叹，天地无穷⑮会相见。
犹胜姮娥⑯不嫁人，夜夜孤眠广寒殿。

①宋哲宗元祐年间，张耒在汴京供职馆阁，常与师友欢酌酬唱，这首诗即作于此时。宋人赵令畤《侯鲭录》卷三有载：“张文潜作《七夕歌》，为东坡所称。”此诗由牛郎与织女七夕在天河相会的民间传说演绎而成，在宋人著述如《侯鲭录》《古今岁时杂咏》中异文甚多，明代以后，甚至被误收入《唐伯虎集》中。

②银河：《侯鲭录》作“天河”。

③河东：《宋诗纪事》作“桥东”。

④紫星：《侯鲭录》作“紫绡”。

⑤嫁与：《宋诗钞》作“嫁后”。

⑥嫁得：《侯鲭录》作“嫁后”。

⑦却理：《侯鲭录》作“却踏”。

⑧相见：《侯鲭录》作“相逢”。

⑨桥边：《侯鲭录》作“河边”。

⑩此句《古今岁时杂咏》作“却悔从前欢不多”，《宋诗钞》作“却忆从前恩爱多”。

⑪万事：《侯鲭录》作“离恨”。

⑫催晓：《侯鲭录》作“晓催”。

⑬此句《古今岁时杂咏》作“空将泪眼湿帝车”。

⑭我言：《侯鲭录》作“寄言”。

⑮无穷：《宋诗钞》作“无情”。

⑯姮娥：《宋诗钞》作“嫦娥”。

中秋夜酌[①]

一片秋天碧万寻，月华初上水沉沉。
遣愁不用先愁醉，更看清光到夜深。

①这首诗创作年代不详。白天碧空万里，入夜月华似水，酌酒遣愁，醉中流光易逝，不觉已是更深人静时分。

次韵和王彦昭九日湖园会饮[①]

故人怜寂寞，九日共登临。天地客行远，山河秋已深。
狂来能醉舞，兴罢独悲吟。莫怪凄凉甚，多忧损壮心。

①宋神宗元丰六年（1083）九月重阳日，张耒病妻卧床，愁苦烦闷中，故人王彦昭相招湖园会饮，吟诗以遣忧苦之怀。王汉之（1054—1123），字彦昭，衢州常山人，熙宁六年（1073）登进士甲科，调秀州司户参军，历知真州、瀛州、苏州、郑州，官至龙图阁直学士、延康殿学士。为人敏达，精于文词。

九月十日菊花烂开[①]

萧条秋圃风飞叶，却有黄花照眼明。
已过重阳慵采撷，自嫌亦作世人情。

①此诗创作时间不详。张耒是个酷爱花木的“花痴”，对菊花情有独钟，

多有吟唱。

秋日二首①

一庭秋色清如水，篱落萧条日脚残。
忽忆淮阳旧庭院，出邻高叶翠梧寒。

黄帘朱户狭洞房，何事易知独难忘。
相思故人云间月，凉夜皎皎出东厢。

①这是张耒谪居黄州时创作的两首绝句。一叶知秋色，月是故乡明，淮阳旧庭院虽远在千里之外，却能引发他思念故人的诗兴。

秋雨二首①

急雨凄风未肯晴，墙阴先报候虫鸣。
扫除暑气驱三伏，催促秋声向五更。
美酒若能斟靖节，二毛偏解着潘生。
醉来真有无穷意，老去何劳浪自惊。

陋巷柴门掩寂寥，一窗风雨晚萧萧。
清秋渐冷尤宜懒，闲日苦长无处消。
乌几青筇扶病弱，素琴黄卷伴逍遥。
交朋南北音书隔，虽有芳樽谁可招？

①宋哲宗绍圣三年（1096）秋，郁郁不得志的张耒从汴京回到陈州，寓居宛丘南门灵通禅院，恰逢凄风秋雨，故友雁断书绝，闲日苦长，愁肠

千结，“都是去年秋气味，谁知飘泊古淮阳”（张耒《寓淮阳驿》），赋七律二首，以抒忧闷之怀。

冬节小不佳怀正叔老兄①

老境光阴短景催，新冬又复一年回。
焚香燕坐衣僧衲，煮药高眠废酒杯。
处处庖厨鸣瓮缶，年年歌笑惨风埃。
孟公歌舞犹须雪，未放愁眉取次开。

①张耒晚年寓居陈州，某年冬至日，偶感身体不适，怀念正叔老兄，以诗记之。正叔，不知何许人。冬节，即冬至。《荆楚岁时记》：“去冬节一百五日，即有疾风甚雨，谓之寒食，禁火三日。”《南宋馆阁录续录》卷六“节赐”条：“日历所、会要所、国史院，岁旦、冬节、清明、端午、七夕、重九各赐大龙茶一斤、州酒四瓶。”

十月七日晨起①

山鸦鸣晓晴，寒日在蓬荜。老人欣然起，构火温小室。
室中空无有，扫榻对像佛。还观旧文字，尘土暗编帙。
一杯径就醉，四体寒若失。隔窗即山麓，寒木鸣瑟瑟。
江民旱累岁，流冗东就食。秋蝗②食陈蔡，千里无草色。
客来谈世事，亹亹语千百。客去深闭门，颓然无我责。

①这首五言古诗当作于宋徽宗崇宁三年（1104）冬天。黄州连年大旱，饥民背井离乡。据《陈州志》记载，是年遭受蝗灾，秋稼歉收。张耒寄居柯山何氏私第，却心怀天下苍生。此诗重字较多，寒字三见，读之

顿生瑟瑟寒意。

②秋蝗：民国本作“蛈蝗”。

用欧阳文忠韵雪诗[①]

密雪当残腊，冲风到荜门。洒窗惊纸湿，入竹觉声繁。
天阔飘无界，城高积有痕。气和归麦垄，水味到茶轩。
广陌无游骑，空邮有滞辕。炎炉聊自暖，浊酒仅能温。
野迥征鞍设，边寒塞甲屯。振奇歌历历，回袖舞蹲蹲。
客至须驼褐，相逢赖酒樽。晴明占草木，春意到闲园。

①张耒晚年寓居陈州，作诗务求平淡自然，而这首诗为“禁体物语”，又称“白战体”，属于特例。其由来大略是欧阳修作《对雪十韵》，摒弃前人比拟白雪常用的玉、银、月、白、梨、梅、练、絮、鹤、鹅等名词字眼。后来苏轼仿效乃师欧阳体作《雪后书北台壁二首》《聚星堂雪》诗，更增益盐、蝶、皓、洁、飞、舞等限用字，追求“于艰难中特出奇丽”的美感。这种原本“雪中约客赋诗”的酒令，风行一时，成为文人宴集的文字游戏，被后人称为“禁体物语”诗，或借用苏轼《聚星堂雪》“当时号令君听取，白战不许持寸铁”诗句，称为“白战体”。张耒步先师后尘，用《对雪十韵》赋雪诗一首，三代同韵赋雪，传为文坛佳话。欧阳修（1007—1072），字永叔，号醉翁，晚号六一居士，赐谥“文忠”，有《欧阳文忠公集》传世。

岁暮歌[①]

北风卷雪[②]送暮冬，重云如山争塞空[③]。
百年老树吼欲折，塌翼不见南飞鸿。

堂下幽姿亦可悦，点缀小树花玲珑。
老人重裘不能暖，永夜惟守深炉红。
啾啾寒雀飞不起，饥啄冻土藏枯丛。
青春欲回水官怒，摧拉未使阳和通。
天时平分各司一，兴废谁得专其雄。
杜门解辔聊有待，行看马脚春泥融。

①张耒晚年寓陈之作。岁云暮矣，北风吹雪，老树欲折，寒雀不飞，体衰多病的张耒围炉取暖，苦吟成歌。

②卷雪：民国本作“吹雪”。

③塞空：丛刊本作“寒空”。

天　运[1]

天运不暂止，何啻过隙驹。向来檐间[2]日，忽已墙东隅。
乐者苦其疾，忧者怨其舒。由来盛与衰，变灭皆须臾。

①孔子说：“天何言哉？四时行焉，百物生焉，天何言哉？”（《论语·阳货》）荀子说：“天行有常，不为尧存，不为桀亡。”（《荀子·天论》）这首诗是张耒晚年寓陈之作，正是古代先贤哲人天道思想的诗化表达。

②檐间：民国本作“檐前”。

六、田园

张耒一生命途多舛，浮寄南北，创作了许多田园题材的诗歌，其中既有描绘农家生活温馨祥和的风俗画卷，又有展现自然风光清新明艳的艺术广角；既有花鸟草虫的咏物小调，又有年丰民乐的输麦行歌。

从地域上讲，《福昌官舍》《梅花》《感春二首》，作于寿安县尉任上；《闻蛩二绝》，作于宣州知州任上；《夜坐三首》《春蔬》《闻鹎鵊》《春日》《雪中狂言五首》《齐安行》《牧牛儿》，作于黄州贬所。其余绝大部分作品则是张耒晚年寓居陈州时创作的。

宋徽宗大观二年（1108）至政和四年（1114），张耒在陈州生活长达七年之久，虽幽居陋室，却躬亲蔬圃，栽梅种菊，观鱼听鸟，饮酒赋诗，授业传道，攘臂捣药，“荣枯不到心，万事良悠悠”。因此，这一时期创作的诗歌更加恬淡自然，直指人心。

毋庸讳言，田园诗歌中的意象并非风光无限，一尘不染。尚且不论悯农诗中抒发的苦难酸楚，即便是《田家三首》“田家苦作候时节，汲汲未免寒与饥。去来暴取独何者？请视《七月》豳人诗”、《齐安行》“最愁三伏热如甑，北客十人八九病。百年生死向中州，千金莫作齐安游”，读来足以让人揪心。尤其是新冠病毒肆虐全球的今天，当读到“今春齐安大疾疫，闾里老弱死籍籍。篾绳芦席肩两夫，绕郭累累瘗千百……”（《雪中狂言五首》）的诗句时，不禁令人毛骨悚然。

本章选诗六十四首。

龟[1]

映日漾清渊，沿沙暴玄甲。爱尔千岁姿，藏身一莲叶。

①这是张耒晚年寓陈之作，民国本原题作《暇日六咏》，此为第五首。淮阳城河湖密布，水产丰富，其中龟类最为神奇。相传伏羲于蔡水得白龟，凿池养之，因画八卦。淮阳城北一里有八卦坛、白龟池古迹。龟寿千年，足以托志咏怀。

百　舌[1]

晓语月斜树，昼啼春雾天。胸中自有激，不是故多言。

①这是张耒晚年寓陈之作，民国本原题作《暇日六咏》，此为第三首。百舌多言，不平则鸣。

柳　絮[1]

零乱委东风[2]，悠扬点芳草。却为身最轻，华堂等闲到。

①这是张耒晚年寓陈之作，民国本原题作《暇日六咏》，此为第四首。柳絮轻扬，可登华堂。

②东风：民国本作“空风”。

夜坐三首①

门庭草草是客，寝室冷冷似僧。
春寒犹须篝火，夜书颇复明灯。

灵通寺前老圃，畦蔬想见如云。
谋拙嗟予飘泊，归来与尔知闻。

微寒骚屑窗竹，淡月朦胧夜天。
路暗城头传警，漏稀更士高眠。

①宋哲宗绍圣四年（1097）三月，张耒自陈州抵达黄州，这三首六言绝句，第一首正春寒料峭，或写于陈州；第二首怀念淮阳老圃蔬园，第三首描述初秋景象，或写于黄州。

福昌官舍①

小园寒尽雪成泥，堂角方池水接溪。
梦觉隔窗残月尽，五更春鸟满山啼。

①张耒于宋神宗元丰二年（1079）冬到寿安尉任，至元丰六年（1083）春罢寿安尉，其间三年有余。寿安尉廨在福安镇，地僻官闲，所作诗文甚多，此诗为《福昌官舍后绝句十首》第二首，描写的是官舍小园春景。后两句诗意与孟浩然“春眠不觉晓，处处闻啼鸟”相仿佛，五更时分，残月在天，鸟鸣春涧，惊破美梦。福昌属西京河南府寿安县。《元丰九域志》卷一：“畿，寿安，京西南七十六里，八乡，柳泉、福

昌、三乡三镇，有锦屏山、鹿蹄山、鵁鹤山、女几山、洛水、昌山、少水。”这首诗被钱锺书先生收入《宋诗选注》。

偶题二首①

相逢记得画桥头，花似精神柳似柔。
莫谓无情即无语，春风传意水传愁。

春水长流鸟自飞，偶然相值不相知。
请君试采中塘藕，苦道②心空却有丝。

①这两首诗创作年代不详，或与《赠人三首》《少年游》同期，即张耒在咸平县丞任上。春光明媚，草长莺飞，主人与一位如花似柳的女子在画桥边邂逅，便在心中生成一段痴情，激发一种“惟心会而不可口传，可神通而不可语达”（《红楼梦》第五回警幻仙姑语）的意淫——莫谓无情即无语，春风传意水传愁；借用谐音双关笔法，自我编织一张佳偶（藕）相思（丝）的无形情网，深陷其中，难以解脱。全诗格调唯美，清纯迂阔，既是春日即景，又是恋爱心曲，将其纳入田园诗歌，似无不可。

②苦道：民国本作“若道”。

春日偶题四首①

漫漫春风百草长，夭桃如笑柳如妆。
惟凭酒作青春敌，收拾风光入醉乡。

隔屋桃花暖斗妆，好风时有过墙香。

满园芳草无人种，何事春来特地长？

舍北小桃栽[②]及肩，可怜枝弱苦花繁。
黄昏雨急东风恶，惜尔不禁春夜寒。

白首伤春一老翁，预愁寒食过春中。
下帘数点黄昏雨，一霎轻寒青杏风。

①这是张耒晚年寓陈之作，因其天性爱花，咏唱春日景物甚夥。雨急风恶，繁花凋零，白首伤春更惜春，感叹漂泊人生。

②栽：民国本作“才”。

谢人惠金沙酴醾二首[①]

金沙倩丽闺中秀，酴醾谢郎林下风。
欲试此心无结习，两株常守净名翁。

金沙丰腴合德艳，酴醾轻盈飞燕身。
久无丹白应知我，齐散天香供道人。

①张耒晚年寓陈，友人惠赠金沙、酴醾花，以诗代谢。写花拟人，环肥燕瘦，“真个一双两好”（史浩《如梦令·酴醾金沙同架》）。宋人咏此二花的诗词不少，如黄庭坚《以金沙酴醾送公寿》：“天遣酴醾玉作花，紫绵揉色染金沙。凭君着意樽前看，便与春工立等差。”郭应祥《踏莎行》：“骤暖忽寒，送春迎夏。金沙过了酴醾谢……”

春　蔬[1]

新春书剑滞江城，又见南蔬入旅羹。
关心太昊祠前路，小甲连畦带雪青[2]。

①宋哲宗元符元年（1098）春，即张耒自陈州到黄州的第二年，吃到南蔬不禁想念宛丘蔬园。此诗收入《宋诗钞》。
②原注："余有蔬圃在陈州太昊祠南。"

绀　碧[1]

绀碧遥空秋意生，深檐当午暑风清。
老翁睡起支颐坐，初听新蝉第一声。

①这是张耒晚年寓陈之作。夏末秋初，天青日白，清风徐来，午睡初足，支颐坐听新蝉鸣叫，恰似一幅忘忧清乐图。

闻蛩二绝[1]

晚风庭竹已秋声，初听空阶蛩夜鸣。
流落天涯聊自得，今宵为尔感平生。

二年江海转萍蓬[2]，白发苍颜换旧容。
新月窥檐风动竹，宣城今夜又闻蛩。

①这两首绝句张耒作于宋哲宗绍圣二年（1095）秋宣州任上。一年前，张耒解润州任，返京途经淮阴时，忽奉诏知宣州。流落天涯，身如飘蓬，秋夜空庭，新月窥檐，风中传来阵阵蟋蟀声，一片凄凉，赋诗感怀。蛩，即蟋蟀。

②萍蓬：民国本作“萍踪”。

闻鹎鵊[1]

纸窗未白烛微明，鹎鵊枝头一两声。
却忆去年桃李后，淮阳旅舍听残更。

①宋哲宗元符元年（1098）春，张耒在黄州度过第一个新年，故园北望一千里，对淮阳的怀念之情只有寄托于诗篇，相继写有《梦游陈州柳湖觉而作》《春日怀淮阳六绝》《闻鹎鵊》等。鹎鵊，鸟名，形似鸠，凌晨先鸡而鸣，春分始见此鸟，农村俗称催明鸟。欧阳修《鹎鵊词》：“红纱蜡烛愁夜短，绿窗鹎鵊催天明。”

何处春深好二首[1]

何处春深好，春深老宿家。茶炉寒宿火，佛案晓添花。
坏宅无妖火，通途有宝车。院深人不到，幡影逐风斜。

何处春深好，春深居士家。荒园几畦菜，环堵数枝[2]花。
自蜡登山屐，好[3]驱下泽车。时时客问字，醉帽任倾斜。

①这是张耒晚年寓居陈州时所作的次唐人韵五言律诗两首。唐大和二年（828），白居易、刘禹锡同和元稹《春深二十首》诗，用家、花、车、

斜韵，元稹原诗今佚。张耒诗同此韵，真实展现了其恬淡无求、疏放自适的晚年生活。

②枝：民国本作“株”。

③好：民国本作“仍”。

陋　屋[1]

陋屋秋霖后，荒城落叶中。坏墙朝插菌，幽草昼闻蛩。
岂是不浪出，直缘无奈慵。何劳求季主，吾自了穷通。

①这是张耒晚年寓陈之作，慵居陋室，穷通自若。

道旁花[1]

长夏百草秀，道旁多野花。无名自红紫，有意占年华。
灼灼照流水，班班上古槎。故园[2]何日扫，将尔付泥沙。

①这是张耒晚年寓陈之作，以道旁无名野花抒发怀抱。朱良志先生在《一朵开在篱墙边的小花》中，以日本十七世纪诗人松尾芭蕉的一首俳句“当我细细看，呵！一棵荠花，开在篱墙边”为例，特别指出，人本来就是世界中的一个生命，当你“以物为量”（《庄子·天运》），即用世界的眼光看世界（以物观物），在世界的河流中自在优游时，就会发现一朵小花，也有存在的理由，也有生命的光亮。

②故园：民国本作“中原”。

即　事[①]

雨柹生朝菌，秋墙长昔邪[②]。槐榆蔽穷巷，藜藿接邻家。
但愿好事酒，无劳长者车。御冬须旨蓄，吾亦问生涯。

①这是张耒晚年寓陈之作，书眼前景，有弦外音。
②昔邪：民国本作“若邪”。

落　莫[①]

岁晚苦落莫，独游情易伤。晴溪沙漾碧，秋径叶铺黄。
幽菊开经雨，疏槐老奈霜。闲门[②]无俗客，摅散有林塘。

①这是张耒晚年寓陈之作，寂寥落寞之状，呼之欲出。
②闲门：民国本、《宋诗钞》作“闭门”。

种　圃[①]

僦舍[②]亦为圃，从人笑我痴。自求佳草木，仍插[③]小藩篱。
吾事正如此，人生聊自怡。霜松未及尺，独我见奇姿。

①这是张耒晚年寓陈之作，躬亲蔬圃，怡然自得。
②僦舍：民国本作“促舍”。
③插：民国本作“补”。

幽　草[1]

幽草堂轩秀，盆池遇雨添。新晴雀哺子，永日燕穿帘。
世事休惊目，闲中且养恬。黄公有美酒，时得醉厌厌。

①这是张耒晚年寓陈之作，情景交融，恬闲惬意。民国本题作《幽草二首》，此为第一首。

梅　花[1]

北风万木正苍苍，独占新春第一芳。
调鼎自期终有实，论花天下更无香。
月娥服驭无非素，玉女精神不尚妆。
洛岸苦寒相见晚，晓来魂梦到江乡。

①这首诗作于寿安尉任上。全诗格调雅正，用典精当，以梅喻人，高洁脱俗，颇受后人好评。周紫芝《竹坡诗话》："张文潜云：'调鼎自期终有实，论花天下更无香。'此虽未及东坡高妙，然犹可使和靖作衙官。"

春　日[1]

如丝苣甲饤春盘，韭茁金黄雪未干。
旅饭二年无此味，故园千里几时还。
异方时节三卮酒，残岁风烟一惨颜。
曾奉龙旗典邦礼，岁穷祠祀少休闲。

①宋哲宗元符二年（1099）春，张耒离开陈州两年，羁旅穷愁，想念故园，忆往昔，“曾奉龙旗典邦礼”，现如今，“残岁风烟一惨颜”。

庭　草[1]

冉冉朝雨霁，欣欣禽哺雏。鲜鲜中庭草，佳色日已敷。
童子恶其蕃，谒我尽扫除。我为再三撫，爱之不能锄。
人生群动中，一气本不殊。奈何欲自私，害彼安其躯。
况我麋鹿性，得此亦可娱。延蔓藩篱间，常若田野居。
亭亭濯露晓，偃偃披风余。所嗜乃若此，我生合樵渔。

①这首五言古诗创作时间不详。张耒以庭中小草起兴，抒发悲悯情怀，与《道旁花》《幽草》一脉相承，“人生群动中，一气本不殊”，珍惜一花一草，世界自在兴现，各美其美，美美与共。

有感三首[1]

一春苦多风，桃李见无几。良游时已失，忽忽三月尾。
中间亦何有？徒自乱心耳。所嗟违所娱，坐费良日晷。
堂北千叶桃，微本混榛枳。居然未之省，一日灿相视。
零丁不忍摘，攀玩聊自慰。乃知物虽微，未易即疏弃。
从今至零落，犹足伴尊觶。仍烦芊绵草，藉我花前醉。

昨日鸦作巢，今日鸦哺儿。念知三月阑，春物行已稀。
晚风飒不收，残红怨余姿。回风起轻寒，拥炉火重吹。
灯明夜斋静，目涩临书迟。病齿不饮酒，持杯劝妻儿。

岂无儿女心，惆怅桃李蹊。彼昏安目前，丈夫方有思。

古今不殊途，掩卷独长想。炎炉与死灰，相去如反掌。
彼昏诚不知，一醉富莫量。那知道旁殍，曾是厌杯盎。
一金短贩儿，岂暇议得丧。但怜反复间，观者为惆怅。
圣贤蹈大方，不苟目前妄。寄身爱憎间，得失真一饷。

①这是张耒晚年寓陈之作。暮春三月，花开花谢，由物及人，随遇而安。

小雨效韦体①

午景蔽浮云，芳林散清雨。虚窗度遥吹，稍觉书叶举。
残蔬知夏余，陨叶兆秋序。幽独无往来，烹茶谁晤语。

①这是张耒晚年寓陈之作，写景状物，随心所欲。韦体，即韦苏州体。韦应物，字义博，唐代诗人，世称韦苏州。韦诗清丽秀朗，尤擅五言古诗，“真而不朴，华而不绮”（《四库全书总目提要》）。苏轼谓其“发纤秾于简古，寄至味于澹泊”。

鸣　蜩①

鸣蜩嘒高风，逮夜且复静。草虫何为者，落日鸣复逞。
阴阳相②战争，微物何所竞。化工执其机，开阖惟所命。
朔雁有行意，肃肃如待令。江湖③有旧渚，宁畏风霜劲。

①这是张耒晚年寓陈之作，咏物平易，寄兴深沉。蜩，即蝉。《诗经·豳风·七月》：“五月鸣蜩。”

②相：民国本作“且”。

③江湖：民国本作“江河”。

捣　药[1]

指可握而足，臂可攘无它。何为勤药物，杵臼日喧哗。
指臂何与人，正欲使其佳。念此惭吝生，达人其我嗟。

①张耒晚年寓居陈州，“已病药三暴，辞贫饭一盂”（《岁暮即事寄子由先生》），杵药煎汤成为日常，写以解嘲。

乌　臼[1]

乌臼强知晓，譊譊鸣暗天。我事不须早，援衾且复眠。
朝晖方愦愦，惨凛蔽清妍。且复待午景，负此檐间暄。

①这首诗借乌臼的鸣叫吵醒自己，非常形象地记录了张耒晚年寓居陈州的生活场景。乌臼，鸟名。

杂咏三首[1]

隆中卧龙公，平昔事耕钓。无言顾同侪，高视独长啸。
彼宁惜开口，顾尔非同调。何事逢玄德，曹孙一言料。

六槐当我庭，春叶密如幄。朝来南风起，已见萎叶落。
盛衰同时来，岂必待萧索。鄙哉儿女痴，倩倩情所乐。

鸟鸣高屋上，饥顾朝求食。扰扰市井人，日夜衣食迫。
岂伊理当然，或者养未得。我歌南风诗，归坐还叹息。

①这是张耒晚年寓陈之作。第一首咏史伤怀，第二首是自我写照，第三首感讽时事。

摘梅花数枝插小瓶中，辄数日不谢，吟玩不足，形为小诗①

疏梅插书瓶，洁白滋媚好。微香悠悠起，鼻观默自了。
秀色定可怜，仙姿宁解老。禅翁心土木，对此成魔恼。

①此诗创作时间不详，崔铭《张耒年谱及作品编年》系于宋徽宗大观元年（1107）春，张耒自黄州北归，途经泗州，时寓戒坛院，咏梅托兴，破除魔恼。

三月小园花已谢独芍药盛开①

霭霭春日晚，寂寂新阴繁。千红与万紫，盛极一时阑。
西堂晚芍药，百萼乘露鲜。红妆诸美人，锦绮富贵妍②。
东风时过之，舞态低昂翻。折赠怀《溱洧》，感之为三叹。

①此诗创作时间不详，诗中西堂或指宛丘南门灵通禅院西堂。张耒另有一首作于黄州的七言古诗《三月十三日本约潘郎同游安园以雨不果因饮于家为说宛丘木芍药之盛作此篇》，题中“为说宛丘木芍药之盛”，即为此诗所咏。

②此句民国本作“锦绣富春妍”。

晨起有感①

故岁如晓客，行意不可留。新春如美人，含笑未举头。
定知当②粲然，有待姑少留。山川谍光景，梅柳露风流。
惟有堂中人，一衲暖蒙头。荣枯不到心，万事良悠悠。

①这是张耒晚年寓陈之作，感叹岁月不居，万事悠悠。
②当：草斋本作“多”。

入伏后三日①

老火炽而焰，端能流弱金。清秋有微警，西风生薄阴。
日中无停晖，俯仰忽已沉。齐纨不足玩，流景逝骎骎。
盛衰宁独行，巾具密相寻。蓬茅有佳处，亦足慰人心。

①这是张耒晚年寓陈之作。张耒对四时节候有一种强烈的迁逝感，这与他的人生际遇是分不开的。“六月火云蒸肉山”（黄庭坚《戏和文潜谢穆父松扇》），有“肥仙”之称的张耒感叹“老火炽而焰，端能流弱金”。

畏暑不出①

赫赫三万里，共煮一鼎汤。蓬茅数椽屋，何处有清凉？
惟有摄心坐，憩此真道场。清虚无一物，焚灼不能伤。

自我知此趣，两脚不下堂。人皆笑我拙，我亦笑人狂。

①这是张耒晚年寓陈的生活写照，暑热难耐，不出户庭，以佛、道倡导的息心宴坐之法涤暑纳凉。

疏梅二首[①]

疏梅落寒晴，高柳暗春夕。低星上苍寒，远钟韵澄寂。
颇私朝市间，更得阛阓僻。且复罢经过，深泥溅马臆。

我贫受寒欺，帖帖为不出。积雨远市声，幽居近芳物。
时禽过我柳，清喙动鸣瑟。客去门复扃，低参映林没。

①这是张耒晚年寓陈之作，前诗“畏暑不出”，此则因寒幽居。以“梅”引寒，铺叙自然，移步换景，使人神远。

黄　菊[①]

黄菊出荒岁，扬扬颜色好。芙蓉不能霜，败裂不自保。
君子与小人，于此见其操。最怜所种蔬，根叶依畦老。
朝晡充盘餐，滋味不枯槁。鸡鸣邻里静，老子起常早。
呼童速沽酒，无使尊中燥。

①这是张耒晚年寓陈之作。此诗赞颂黄菊傲霜斗寒，更以拟人笔法，与芙蓉相比，有“君子与小人”之判。

种　薤[1]

薤实菜中芝，仙圣之所嗜。轻身强骨干，却老卫正气。
持钱易百本，僻处多隙地。雨余土壤滋，裁植勤我隶。
今年时泽足，灌汲免远致。朝畦已芬敷，零落发鲜翠。
嗟余百不偶，六尺自知愧。虽甘老支床，同愿寿阅世。
晨餐人匕箸，美不俪羹胾。神农岂欺予，魏姥有前志[2]。

①这是张耒晚年寓居陈州，开荒种薤的真实描写，把司空见惯的食蔬视作正气却老的仙草，条分缕析，令人叹绝。

②原注："魏夫人有服薤方致神仙云。"

食　蟹[1]

世言蟹毒甚，过食风乃乘。风淫为末疾，能败股与肱。
我读《本草》书，美恶未有凭。筋绝不可理，蟹续牢如絙。
骨萎用蟹补，可使无骞崩。凡风待火出，热甚风乃腾。
中炎若遇蟹，其快如霜冷。俗传未必妄，但恐殊爱憎。
《本草》起东汉，要之出贤能。虽失谅不远，尧跖终殊称。
书生自信书，俚说徒营营。

①此诗创作时间不详，可谓"以议论为诗"的典型。与《寄文刚求蟹》诗对照阅读，张耒嗜蟹的形象更加鲜活生动。

感春二首[1]

春郊草木明，秀色如可揽。雨余尘埃少，信马不知远。
黄乱高柳轻，绿铺新麦短。南山逼人来，涨洛清漫漫。
人家寒食近，桃李暖将绽。年丰妇子乐，日出牛羊散。
携酒莫辞贫，东风花欲烂。

浮云起南山，冉冉朝复雨。苍鸠鸣竹间，两两自相语。
老农城中归，沽酒饮其妇。共言今年麦，新绿已映土。
去年一尺雪，新泽至已屡。丰年坐可待，春服行欲补。

①原题《感春十三首》，兹据钱锺书先生《宋诗选注》选录其中两首。全诗不用奥语，以景寓情，描绘一幅北方山村郊野春雨过后草木明艳、年丰人乐的风俗画卷。“沽酒饮其妇”，是家庭和谐生活的写真；“共言今年麦”，是农民期盼丰收的表白。张耒任寿安县尉期间，多孤寂嗟怨之作，此诗轻松明快，殊为可贵。

田家三首[1]

野塘积水绿可染，舍南新柳齐如剪。
去冬雪好麦穗长，今日雨晴初择茧。
东家馈黍西舍迎，连臂踏歌村市晚。
妇骑夫荷儿扶翁，月出桥南归路远。

社南村酒白如饧，邻翁宰牛邻媪烹。
插花野妇抱儿至，曳杖老翁扶背行。

淋漓醉饱不知夜，裸股掣肘时欢争。
去年百金易斗粟，丰岁一饮君无轻。

新见鹊衔庭树枝，黄口出巢今已飞。
粟留啄椹桑叶老，科斗出畦新稻齐。
田家苦作候时节，汲汲未免寒与饥。
去来暴取独何者？请视《七月》豳人诗。

①此诗创作时间不详。第一首、第二首描写的是春禾好年景，农家相率赶集，邻居宰牛烹酒的欢庆祥和场面；第三首则宕开一笔，转入田家勤苦劳作也难免饥寒交迫，并引《诗经·豳风·七月》作结，暗含“无衣无褐，何以卒岁”的控诉，愈加悲切。

雪中狂言五首[①]

江乡密雪常在春，异哉今腊已再白。
风严无声掠树过，茅檐飞霰鸣策策。
老农饱食莫畏寒，天意在汝田中麦。
我虽无田助尔喜，来岁不忧汤饼窄。

今春齐安大疾疫，闾里老弱死籍籍。
篾绳芦席肩两夫，绕郭累累瘗千百。
玄冥一日行正令[②]，疠气入地应千尺。
异乡身健百不忧，有钱但知沽酒吃。

我家中州食嗜面，长罗如船硙如电。
烂银白璧照中厨，膳夫调和随百变。
江乡种麦几数粒，强进腥鱼蒸粝饭。

雪深麦好定丰登，明年一饱偿吾愿。

请说吾乡人种麦，漫山亘野顷千百。
北风寒严大泽干，一腊何啻见三白。
春泥冰消土脉动，垄亩渐纵牛羊迹[3]。
街头作饼大如盘，一岁衣食事已毕。

故园陈墟太昊祠，腊雪消后融春泥。
韭芽苣甲初出土，春盘饤斗如棼丝。
里闾经过厌此物，糖餹寒具方交驰。
江南鱼稻岂不美，长年谪居长土思。

①这组诗五首写于张耒谪居黄州之际，前两首描写江乡密雪和齐安瘟疫，悲喜交加，感人至深；三、四首摹状中州种麦嗜面，食物百变；第五首追忆陈州里闾的甜美生活，结句“江南鱼稻岂不美，长年谪居长土思”，寄托着诗人对淮阳故园的眷恋。
②正令：民国本作“正公”。
③迹：民国本作“续”。

齐安行[1]

黄州楚国分三户，葛蔓为城当楼橹。
江边市井数十家，城中平田无一步。
土冈瘦竹青复黄，引水种稻官街旁。
客樯朝集暮四散，夷言啁哳来湖湘。
使君丽谯涂垩赭，门狭不能行两马。
满城蛙噪乱更声，谷风谷谷黄鸦[2]鸣。
最愁三伏热如甑，北客十人八九病。

百年生死向中州，千金莫作齐安游。

①宋哲宗元符元年（1098）夏天，也是张耒谪居黄州的第二年，伏暑苦热中赋古乐府歌诗一首。前十二句极尽描写黄州市井风貌，后四句讽喻水土不服的惨况。黄州好友潘大临《张文潜齐安行解嘲》反驳："为邦虽陋勿雌黄，我曾侍立苏公旁。见公颜色不憔悴，不似贾谊来江湘。它州虽粗胜吾州，无此两公相继游。"一刺土风之陋，一辩诬妄不实，洵为一则诗坛趣闻。

②黄鸦：《爱日斋丛抄》作"黄犊"。

牧牛儿[①]

牧牛儿，远陂牧。
远陂牧牛芳草绿，儿怒掉鞭牛不触。
涧边古柳[②]南风青，麦深蔽目田野[③]平。
乌犍砺角逐草[④]行，老牸卧噍饥不鸣。
犊儿跳梁没草去，隔林应母时一声。
老翁念儿自携饷，出门先上冈头望。
日斜风雨湿蓑衣，拍手唱歌寻伴归。
远村放牧风日薄，近村牧牛泥水恶。
珠玑燕赵儿不知，儿生但知牛背乐。

①原题下自注："应城道中。"宋哲宗元符三年（1100）初夏，张耒离复州至黄州，途经应城，作古乐府歌诗《牧牛儿》。诗中描绘的牧童天真烂漫，牛群的舐犊之爱，山陂的芳草茵茵，宛如一帧田园牧歌式的画卷，令人陶醉其中。匪夷所思的是，这首诗同时被收入《全元诗》，署以吴从正《戴嵩放牧图》，或为误收，附此俟考。

②古柳：《丽泽集诗》作"柳古"。

③蔽目田野：民国本作“蔽日野田”。

④逐草：民国本作“逐春”。

仓前村民输麦行并序[1]

余过宋，见仓前村民输麦，止车槐阴下，其乐洋洋也。晚复过之，则扶车半醉，相招归矣。感之，因作输麦行，以补乐府之遗。

场头雨干场地白，老稚相呼打新麦。
半归仓廪半输官，免教县吏相催迫。
羊头车子毛巾囊，浅泥易涉登前冈。
仓头买券槐阴凉，清严官吏两平量。
出仓掉臂呼同伴，旗亭酒美单衣换。
半醉扶车归路凉，月出到家妻具饭。
一年从此皆闲日，风雨闭门公事毕。
射狐置兔岁蹉跎，百壶社酒相经过。

①宋神宗元丰七年（1084）十月，张耒赴咸平丞任，途经南京应天府宋城，亲见仓前村民输麦场景，以诗记之。全诗四句一韵，层层递进，从老幼齐上阵打麦，到输麦入仓；从旗亭沽酒相庆、月夜扶车醉归，到农休时节射狐捕兔的闲适，形象逼真地刻画了农家丰年喜乐的淳朴无邪。遗憾的是，此诗仅存于周紫芝《竹坡诗话》，而未见诸张耒诗文集中。《竹坡诗话》：“本朝乐府，当以张文潜为第一。文潜乐府刻意文昌，往往过之。顷在南都，见《仓前村民输麦行》，尝见其亲稿，其后题云：‘此篇效张文昌，而语差繁。’乃知其喜文昌如此。”这恰恰印证了《宋史·张耒传》“作诗晚岁益务平淡，效白居易体，而乐府效张籍”的记载。

七、悯农

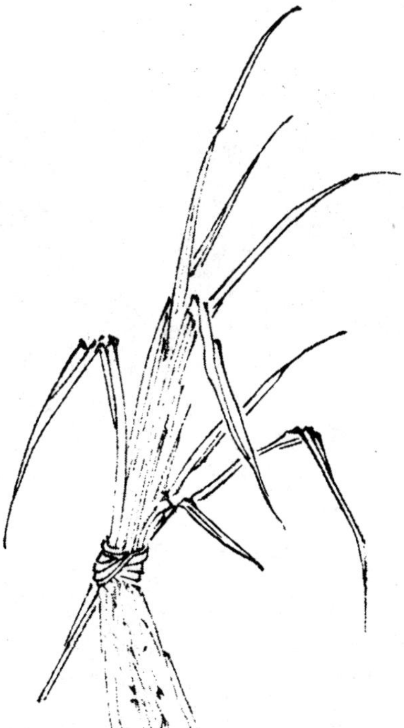

张耒在三十三岁以前，相继出任临淮主簿、寿安尉、咸平丞，转徙州县，就食四方；四十四岁之后，两次贬谪黄州，羁旅江乡，因而对民生疾苦具有真切的感受，对世态炎凉具有深刻的体验。

叶郎先生将中国文化的审美范畴归纳为“沉郁”“飘逸”“空灵”三个不同的文化内涵和审美特征，其中“沉郁”概括了以儒家文化为内涵、以杜甫为代表的审美意象的大风格（《中国的审美范畴》）。以此为标准，张耒的诗显然体现了杜诗“沉郁顿挫”的艺术风格。张耒像杜甫一样，继承《诗经》《离骚》哀怨郁愤的传统，忧国忧民，悲天悯人。张耒诗“哀哉天地间，生民常苦辛”与杜甫诗“穷年忧黎元，叹息肠内热”，一脉相承，异曲同工。

“人间万事莽悠悠，我歌此诗闻者愁。”我们从这些“悯农”诗中，可以看到力田竟岁、衣食无着的饥民，送子戍边、骨肉分离的农妇，横征暴赋、搜刮无度的酷吏，官仓空虚、囤积居奇的豪富，铤而走险、甘受刑戮的盗贼……凄婉悱恻，淋漓悲壮，字里行间洋溢着一种醇美仁爱的家国情怀。

“谪居困炊玉，无田愿年丰。”正如钱锺书先生所言，在苏门弟子中，张耒的作品“最富于关怀人民的内容，风格也最不做作装饰，很平易舒坦”（《宋诗选注》）。

本章选诗三十五首。

北　风[1]

北风卷地寒侵骨，冻雪连山鸟不飞。
试问朱门余酒肉，几人回首念无衣？

①这首诗创作时间不详。化用杜甫“朱门酒肉臭，路有冻死骨”诗意，结句质问有谁顾念冬寒无衣的下层人的疾苦，更加入木三分。

田家二绝[1]

门外清流系野船，白杨红槿短篱边。
旱蝗千里秋田净，野秫萧萧八月天。

新插茅檐红槿篱，秋声黄叶已飞飞。
滩头水阔孤舟去，渡口风寒白鹭啼。

①这两首绝句创作时间不详。旱蝗千里，田野萧索，孤舟寒鹭，草木黄落，读来令人心悸。

和李令放税[1]

晚田既废麦初耕，冠盖侵星独出城。
但见饥寒号岁晚，不闻箫鼓赛秋成。
仓无农父千斯庆，税比周人什一轻。
抚字从来须守令，莫辜圣世念疲氓。

①宋哲宗绍圣二年（1095）张耒知宣州任上，与宣城县令李刚中唱和，劝诫僚属轻徭薄赋，体恤疲困民情。

粜官粟有感[①]

持钱粜官粟，日夕拥公门。官价虽不高，官仓常苦[②]贫。
兼并闭囷廪，一粒不肯分。伺待官粟空，腾价邀吾民。
坐视既不可，禁之益[③]纷纭。扰扰田亩中，果腹才几人？
我欲究其源，宏阔未易陈。哀哉天地间，生民常苦辛。

①此诗或写于寿安尉任上。一说“大概是通判黄州时所作”（韩文奇《张耒及其诗歌创作研究》）。诗中既有对官仓供不应求的无奈，又有对豪富囤积居奇的愤懑，纷纷扰扰，进退维谷，徒生“哀哉天地间，生民常苦辛”的嗟叹。《宋文鉴》题作《籴官粟有感》。或许是文脉赓续使然，陈州自古与“官粟”有不解之缘，近年考古发掘的淮阳时庄遗址，是距今约四千年的夏代早期的粮仓城；元代杂剧《包待制陈州粜米》、现代豫剧《老包放粮》中的包公形象早已深入人心。
②苦：民国本作“若”。
③益：《宋文鉴》作“亦”。

食　菜[①]

大雨困淋漓，小雨伤霡霂。哀哉南亩人，日夜涂手足。
入仓无一粒，敢忘祈报福。余功归老圃，畦菜青满目。
长官却野馈，性命赦鸡鹜。何须问清白，荐德刍一束。
归来辍食叹，每悔釜炊玉。青衫尚如此，何况膏粱腹。

愿君少自宽，谋远须食肉。

①此诗或写于寿安尉任上。连日不断的淫雨，使日夜劳作的农民颗粒无收，只有以菜果腹，而官宦富贵人家却可以饱食终日。尾联以食肉自我宽慰，不过是画饼充饥罢了。

春旱初雨①

春泥不沾犁，四月若三伏。哀哉麦无秀，父子垄头哭。
谁惊耽眠龙，霹雳震万屋。从空倒江海，焦槁快一浴。
终然霁威怒，飘飒断还续。晚阴凉观阙，夜响起松竹。
后时悲夏获，入土喜秋谷。聊为目前慰，未敢信果腹。
丰凶系群望，岁岁走牲玉。我无忧民责，理此杞与菊。

①这是张耒晚年寓陈之作。春旱无雨，父子在垄头痛哭；转阴初雨，聊慰目前，丰凶由天，徒唤奈何。

旱 稻①

早稻如倒戈，十穗八九折。晚稻不及秀，日炙根土烈。
踏车激湖水，车众湖欲竭。得泉如沸汤，旱土湿未彻。
老农祝天工，扣额眼垂血。游云不作雨，风至辄散灭。
昊天未悔祸，牲玉亦②徒设。谁能缚妖魃，敕起龙拨刺！

①这是张耒晚年寓陈之作。本诗极言干旱之苦，老农祷告无济于事，最后发出怒吼，缚住旱鬼妖魃，敕令龙王降雨济民。《全芳备祖》仅录此诗前六句，入“五言古诗散联”。“晚稻”作“晚禾”，“激”作“邀”。

②亦：民国本作“无”。

不　雨①

齐安一郡雨不足，稻畦土坚不入谷。
城中赤日风吹沙，老鸦衔火烧竹屋。
百尺长绳抽井底，井中泥滓多于水。
潭边龙祠悬纸钱，谁令霹雳惊龙眠？

①这是张耒谪居黄州所作。齐安赤日炎炎，天旱无雨，土坚不能播种，井枯无法汲水，农人苦不堪言。

厌雨四首①

夜来雨声倒百川，老翁②起坐不敢眠。
直③疑涨潦卷屋去，又恐涌水兴床前。
旦视山川一泥泞，流沛千顷新秧田。
虾蟆相呼动百千，不念两股充庖煎。

霖霪望晴病望汗，里巷呻吟夜达旦。
风清日出未敢喜，天公高居龙鱼悍。
夜声翻盆昼绠縻，百川失性皆上驰。
乾坤震荡动植悲，谁居无事为此嬉。

朝雨没田夜崩屋，下民何罪罹此毒？
天公行雨须命龙，那知人欲食龙肉。
玄云暮天不可决，日乌戢翼愁旸谷。

区区昏垫未足忧，当念波涛翻地轴。

柯山老人家四壁，深居闭门不下席。
日补丹田气三咽，自言滋味[4]胜玉食。
无田无屋一空囊，不管门前水三尺。
有钱沽酒便不忧，会见天清还白日。

①这组诗四首写于张耒谪官黄州之际。前三首写大雨连绵给百姓带来的种种灾难，进而发问“下民何罪罹此毒”。第四首是柯山老人的自画像，无田无屋，囊空如洗，却处之泰然，自信“会见天清还白日”。
②老翁：民国本作“老农”。
③直：民国本作“曰”。
④滋味：民国本作“兹味”。

农　妇[1]

耕田衣食苦不足，悠悠送子长河曲。
同行不可别未忍，日暮河边仰天哭。
男儿从军薄妻子，妇人随夫誓生死。
封侯佩印未可知，不道沙场即为鬼。

①这首诗创作时间不详。诗中描绘了缺衣少食的农妇被迫送子从军，夕阳西下，行至大河边，不忍骨肉离别的亲人抱头恸哭。读至此处，仿佛置身于“爷娘妻子走相送，尘埃不见咸阳桥。牵衣顿足拦道哭，哭声直上干云霄”（杜甫《兵车行》）的战乱岁月。

一　亩[①]

一亩秋蔬半成实，灶突无烟已三日。
良人佣车毙车下，老妇抱子啼空室。
西风九月天已寒，饥肠不饱衣苦单。
我身为吏救无术，坐视啼泣空汍澜。

①这首诗写于寿安尉任上。青黄不接，断炊三日，丈夫累死车下，孤儿寡母，家徒四壁，年轻的县尉眼睁睁地望着啼哭不止的母子却无计可施。

去　年[①]

去年四月多风雨，麦秀不实农夫苦。
今年麦好风雨调，万口嗷嗷饥待哺。
何事今晨还衣夹，朝日无光寒惨切。
天工与物无怨尤，安用日与人为仇？

①这首诗创作时间不详。天有不测风云，一场突如其来的风寒，把农夫期盼丰收的梦想击得粉碎，麦秀不实，收成无望。结句向天公发问，掷地有声。

和晁应之悯农[①]

南风吹麦麦穗好，饥儿道上扶其老。
皇天雨露自有时，尔恨秋成常不早。

南山壮儿市兵弩，百金装剑黄金缕。
夜为盗贼朝受刑，甘心不悔知何数？
为盗操戈足衣食，力田竟岁犹无获。
饥寒刑戮死则同，攘夺犹能缓朝夕。
老农悲嗟泪沾臆，几见良田有荆棘。
壮夫为盗羸老耕，市人珠玉田家得。
吏兵操戈恐不锐，由来杀人伤正气。
人间万事莽悠悠，我歌此诗闻者愁！

①此诗张耒作于寿安尉任上。本诗采用比兴手法，揭露了官府盘剥无度、农民铤而走险的社会现实，对“夜为盗贼朝受刑”的底层百姓寄予深切同情。尤其是“由来杀人伤正气”，袭取《老子》“民不畏死，奈何以死惧之”意旨，堪为点睛之笔。晁应之，晁补之族弟，宋神宗熙宁三年（1070）进士，时任永宁县令，与张耒多有唱和。

东　方[①]

东方未明更五鼓，星河寥寥寒雁度。
铛铛鸣铎谁家车，陌上驱牛辗霜去。
北风吹面足踏冰，村南早饭天未明。
年年输税洛阳城，慎莫后期官有刑。

①张耒作为寿安县尉，对百姓疾苦感同身受。这首七言古诗就是农民星夜驱车赶赴西京洛阳缴租纳税的真实写照。

和檐雀[1]

群儿探雀雏，雀母悲且鸣。
万物虽异性，爱子均一情。
母心于子谁不怜，尔胡弃子当道边？
谅非人情不如鸟，使之至此必有原。

①民国本题作《和应之檐雀》。这首诗张耒写于寿安尉任上。先以孩童捕捉幼雀而母雀哀鸣起兴，后引入路有饥妇弃子的人间悲剧，对比鲜明，触目惊心。何以至此？孔子曰“苛政猛于虎也”（《礼记·檀弓下》）。

春　风[1]

春风浩浩春阳尽，老木生芽绿如豆。
占巢老乌声鸦鸦，南陂雨干麦将秀。
人家寒食无一月，青箬蒸鱼竞时节。
白衫紫领来自田，县官呼我要青钱。

①民国本题作《新正》。这首诗创作时间不详，体味诗意，或写于黄州。新年刚过，麦苗尚青，田垄间便出现了索取“青钱”的官吏身影，鸠占鹊巢，悲从中来。

有　感[1]

群儿[2]鞭笞学官府，翁怜痴儿傍笑侮。

翁出坐曹鞭复呵，贤于群儿能几何？
儿曹相鞭以为戏，翁怒鞭人血流地。
等为戏剧谁后先？我笑谓翁儿更贤。

①原题《有感三首》，这是第二首。此诗创作时间不详，或写于张耒寿安尉任上。它巧妙地借用儿童仿效官府鞭打犯人的游戏，深刻揭示了“翁怒鞭人血流地”的残忍本质，讽刺辛辣，一针见血。黄彻《䂬溪诗话》卷八：“余谓此诗，亦不可不令操权者知也。”《宋文鉴》和钱锺书先生《宋诗选注》均收录此诗。

②群儿：《苏轼诗集》作“儿童”，《䂬溪诗话》作“儿曹”。

田家词[①]

南风霏霏麦花落，豆田漠漠初垂角。
山边夜半一犁雨，田父高歌待收获。
雨多萧萧蚕簇寒，蚕妇低眉忧茧单。
人生多求复多怨，天工供尔良独难。

①原题《有感三首》，这是第三首，题目取自蔡正孙《诗林广记》。此诗的创作时间或是张耒任寿安县尉期间。《复斋漫录》云：“东坡《泗州僧伽塔》诗有云：‘耕田欲雨刈欲晴，去得顺风来者怨。若使人人祷辄遂，造物应须日千变。’文潜之诗，用此意也。”

福昌秋日效张文昌二首[①]

秋野无人秋日白，禾黍登场风索索。

豆田黄时霜已多，桑虫食叶留空柯。
小蝶翩翩晚花紫，野鹑啄粟警人起。
洛阳西原君莫行，秋光处处伤[2]人情。

黄叶萧萧秋水清，田中日午村鸡鸣。
场头[3]九月禾黍熟，空原雉飞饱新谷。
棘篱虫鸣[4]村路曲，道边古坟生野菊。
人稀田阔草茫茫，洛阳秋深能断肠。

①张耒任寿安县尉，“三年官况味，真是冷于水”。这是效唐代诗人张籍（字文昌）的两首七言古诗，描写洛阳西原秋野景象，乍见小蝶翩翩，野鹑啄粟，恬静自然，继而是黄叶萧萧，古坟垒垒，“人稀田阔草茫茫，洛阳秋深能断肠”。

②伤：民国本作“系”。

③场头：民国本作“场边”。

④棘篱虫鸣：民国本作“枣篱重鸣”。

有所叹二首[1]

十夫操戈群入市，市人奔走争逃死。
鸡飞犬逝闾里空，攘夺金珠虏妻子。
世人恶盗恐不深，真不为盗能有几？
何况蚩蚩田野人，欲使饥寒不为此。

饥儿无食偷邻桑，主人杀儿尸道傍。
母兄知儿死不直，行哭吞声空叹息。
生重于桑亦易明，何为以身邀所轻？
没身毫厘易其死，世上谁非窃桑子！

①原题《有所叹五首》，选录前两首。此诗创作时间不详，就其题材而论，与《和晁应之悯农》相近，或写于寿安。第一首写盗贼入市抢劫，而世人并不深恶痛绝，因为操戈作盗者是走投无路的饥民。第二首写饥儿因偷食邻家的桑葚而惨遭杀害，人人明白生命重于桑葚的道理，而母兄却无处讨还公道，只有"行哭吞声空叹息"。如此草菅人命，"世上谁非窃桑子"！

和大雪折木①

季秋木叶未全落，西风卷云飞雪作。
崩腾②倾倒来不停，顷刻山川失寥廓。
白头老翁仰天叹，一生未见可吁愕。
但悲无食饥冻死，何暇更议阴阳错。
樵车不来椽数尽，仰撤屋茅烹苋藿。
坐愁穷腊安可度，律管未改初冬朔。
我居堂前有大榆，百年老干龙鳞剥。
夜声疑是神物伐，参天大枝脆如斫。
披檐掷瓦事未测，起坐明灯彻其幄。
命乖久遭穷鬼笑，当虑压覆崩其角③。
鹿山长官当此时，高楼大饮纵欢谑。
两邦相邻无百里，谁谓同时异忧乐。
尚能悲嗟④念穷苦，喜君于物心不薄。
百里饥寒仰长官，勉充此心救民瘼。

①在张耒任寿安尉的一个深秋之夜，狂风怒作，大雪纷飞，以致百年老榆皮开枝断，可怜百姓忍饥挨冻，甚至拆下房椽屋茅烹煮野菜度日，其惨烈之状，难以尽述。诡异的是，相邻的鹿山却安然无恙，官吏仍在纵酒

欢歌。年轻的尉官张耒自感命乖时蹇，赋诗以寄忧乐情怀。

②崩腾：民国本作“奔腾”。

③其角：民国本作“厥角”。

④悲嗟：民国本作“怨嗟”。

秋风三首①

秋风萧萧洛川渡，水碧沙寒飞白鹭。
坡头伐木欲成梁，落日樵苏下山去。
山头九月雪一尺，山民燃薪当襦裤。
石田收薄妇子饥，岁晚苦寒安可度？

秋风萧萧吹野桑，田家黍稷初登场。
雉肥兔饱鹰隼健，水落沙冷鱼龙藏。
长淮烟波渺千里，怅望搔首山川长。
二年薇蕨苦不饱，长安裘马多辉光。

昏鸦归栖暮天迥，新月娟娟水中影。
秋声索索起桑麻，古道人归烟火静。
公庭吏稀霜树老，药槛雨多幽菊盛。
山家生事饱谙知，野果村醪遣朝暝。

①宋神宗元丰四年（1081）九月，莅任寿安县尉两年的张耒，面对饥寒交迫的山民束手无策，不禁怅然叹息，“二年薇蕨苦不饱”，“岁晚苦寒安可度”。第一首“坡头伐木”诗句，不由让人联想到《诗经·伐檀》，往事越千年，伐木者依旧食不果腹，“不稼不穑”的旧族已晋升为“长安裘马多辉光”的新贵。

劳　歌①

暑天三月元无雨，云头不合惟飞土。
深堂无人午睡余，欲动身先汗如雨。
忽怜长街负重民，筋骸长彀十石弩。
半衲遮背是生涯，以力受金饱儿女。
人家牛马系高木，惜恐牛躯犯炎酷。
天工作民良久难，谁知不如牛马福。

①这首古乐府歌诗作于张耒汴京供职馆阁期间。暑热无雨，尘土飞扬，京都大街上“筋骸长彀十石弩”的负重苦力，迫于儿女生计暴露在炎炎烈日下；更为讽刺的是，仕宦之家的牛马却在大树下避暑乘凉。人之于畜，牛马不如，因而结句发出“天工作民良久难，谁知不如牛马福”的慨叹。

旱　谣①

七月不雨井水浑，孤城烈日风扬尘。
楚天万里无纤云，旱气塞空日昼昏。
土龙蜥蜴竟无神，田中水车声相闻。
努力踏车莫厌勤，但忧水势伤禾根。
道傍执送者何人？稻塍争水杀厥邻。
五湖七泽水不贫，正赖老龙一屈伸。

①宋神宗熙宁九年（1076）夏末，张耒赴山阳奔父丧，正值大旱，感赋歌谣一首。可悲的是，干旱使人失去了理智，为了争水发生械斗，酿出

人命，杀人者被执拿送官。真是雪上加霜，惨绝人寰。

饥乌词[①]

北风夜雨乌翅湿，低飞野畦啄遗粒。
啄食不饱还畏人，呜呼隔陇自求群。
我行陈宋经大泽，田荒生茅不种麦。
空肠待饱明年禾，鸦鸦尔饥独奈何。

①宋神宗元丰二年（1079）冬，张耒赴寿安尉任，经应天府宋城至陈州途中，只见大水过后的田野荒芜，野草遍地，成群结队的乌鸦饥肠辘辘，觅食无着。这首古乐府歌诗运用比兴手法，以饥乌起兴，深刻揭露了民间疾苦的凄惨境遇。

大雪歌[①]

老农占田得吉卜，一夜北风雪漫屋。
屋压欲折君勿悲，陇头新麦一尺泥。
泥深麦牢风莫吹，明年作饼大如箕。
野人食饱官事少，莫畏瑟缩寒侵肌。
高堂晨兴何所为，门无马迹人更稀。
珠楼玉阁互飞动，坐见贫屋生光辉。
无功及物惭受禄，丰穰幸赖天与之。
弃粮遗粒待鸡犬，吾羹何得长烹藜。

①这首诗创作时间不详，或写于张耒谪居黄州之际。一场大雪引发其无限遐想，“弃粮遗粒待鸡犬”，“明年作饼大如箕”。丰穰由天不由人，甚

至为无功受禄而自愧。由此可见张耒关心民瘼、恫瘝在抱的悲悯胸襟。

诉魃并序①

寿安夏旱，麦且死，民忧之，无所不祷。云既兴，辄有大风击去之。间而雨尘，不辨人物，类有物为之者。张子考于《诗》，以谓②旱之神曰魃。意者魃为之乎？作《诉魃词》。

帝治下土兮远于民，抚御万方兮周无垠。
物类亿千兮莽蓁蓁，出入日月兮运星辰。
广必有容兮潜奸昏，不上诉兮帝曷闻？
岁庚申兮斗建巳，旬逾十兮雨不施。
秀者燋兮实者悴，麦莽莽兮不出块。
旧谷既没兮待新以食，夺其所望兮民忧以惑。
舍耒而兵兮夺攘剽贼，急不知虑兮求生顷刻。
民幸帝兮诏云师，气朝升兮敛阳晖。
孰鼓风兮震川岳，上者扬兮旁者剥。
云虽仁兮不得施，野童童兮草木摧。
孰扬尘兮蔽朝日，纷霏霏兮冒万物。
昏迷蒙兮浩恍忽，瞭者瞽兮失南北。
瘗根茎兮腐葩实，世惨错兮泽蓬焞。
霍霍然兮侵万室，飘雨尘兮以旦以夕。
民曰谁为兮尸是有物，其名曰魃兮旱是司。
恶润忌泽兮盗阳威，淫视槁木兮疾华滋，憎饱妒饫兮幸民饥。
亢不伏兮风以助之，惨怀柔茂兮尘埃是吹。
乘③炎火兮烂炜煌，驭回禄兮骖毕方。
朱旗旐兮绛帷裳，坦无畏兮乐洋洋。
朋疫疠兮友疾殃，徒甚剧兮党甚强。

慢帝威兮公[4]害戕，窃祠祷兮傲驱攘。

民赖帝仁兮以衣以食，上帝孔昭兮诉无祸责。

幸帝震怒兮降魃罪疾，无俾在世兮幽沉深溺。

雷伐鼓兮电扬旂，雨卷壑兮云张帷。

泛游泽兮湛甘滋，充槁瘠兮奋枯萎。

禾黍茂兮蔬果肥，岁既登兮民饱嬉。

康帝民兮恩甚思，幽斯魃兮宥无期。

①宋神宗元丰三年（1080）四月，寿安大旱无雨，刚刚上任的县尉张耒忧心如焚，奋笔写下了这首洋洋数百言的骚体诗。诗开篇夸饰上帝恩威天下，无远弗届，随之控诉旱神作祟，云兴不雨，扬尘蔽日，麦死民怨，盗寇四起；请求惩治漠视天威、戕害无辜的妖魃，幽禁无赦；祈愿天降甘霖，禾黍丰茂，岁登民喜。全诗宛如一篇讨贼檄文，义正词严，声势夺人。

②以谓：民国本作“以为”。

③乘：民国本作“来”。

④公：民国本作“分”。

八、饮酒

“饮酒复饮酒，劝君无复辞。人生百无益，惟有饮庶几。”（《感春十三首》）张耒一生嗜酒，有关饮酒的诗篇不计其数，本章选诗五十六首，难免遗珠之憾。

“尚有风光供醉笔，我生诗酒是生涯。”张耒饮酒不独宣泄块垒，宽慰愁肠，而是与诗歌密不可分的。兹举其诗联为证：“美酒浅深酌，新诗取次题”，“功名属多病，诗酒乐衰年”，“只学新诗好，高吟独醉泥”，“酒饮柴桑叟，醉吟渭上贤”，“酒病年来甚，高眠懒著书”，“高门有酒不爱诗，我爱吟诗尊屡阙”，“饮酣耳热诗兴遒，直上虚空恣陵躐”，“诗倚醉豪连卷写，酒逢勍敌百分斟”，“诗就醉余频走笔，待观云海戏群鸿”，“酒病年来慵把笔，新文寄我苦凭陵”……由是观之，对于张耒来说，诗与酒犹如车之双轮，鸟之两翼，不可或缺，酒助诗兴，诗侑酒欢，无酒则诗穷，无诗则酒酸。正所谓“孤吟唯酒对，愁立见乌栖”，“笑谈佳节宾朋集，诗酒清欢兴味长”。

张耒除饮酒诗外，在现存的三十二篇赋中竟有三篇是饮酒赋，即《卯饮赋》《三酌赋》《人日饮酒赋》。尤其是《卯饮赋》，体物写志，异想天开，塑造一个短颈大腹、长喙旁啄、椎髻上直的“麴生”形象，赏赐酒泉，用之不竭。

“平生嗜酒爱《离骚》，痛饮须知属我曹。”我们有理由相信，如果离开了饮酒，张耒的诗歌艺术成就会大打折扣的。

上元三首[①]

清晨谒帝大明宫，拜赐归来夜过中[②]。
一梦十年身老矣，山城风月作过从。

沽酒垆边人若市，算商亭下浪连天。
张君官况今如此，岂有工夫作醉眠。

江边灯火似秋萤，哀怨山歌不可[③]听。
自怪今春牢落甚，禅房止酒读《黄庭》。

①《古今岁时杂咏》题作《上元夜得三绝句》。张耒谪居黄州，上元夜，孤寂无聊，独对江边灯火，闻听哀怨山歌，怀想当年京都上元盛况，十年一梦，不禁感慨万千。早在宋哲宗绍圣二年（1095）上元日，张耒在宣州知州任上，作《上元思京辇旧游三首》，“云卷珠帘开彩雉，山盘玉阙枕仙鳌”，炫侍宴之荣；“九门灯光夜交光，罗绮风来扑面香”，忆冶游之盛；“倒觥凌乱迷筹饮，醉帽攲斜并辔行”，怀友朋之欢。由“至夜分，必醉归”到“禅房止酒读《黄庭》”，相去何啻天渊！

②原注：“余在秘书近十年，每岁上元，晨趋大庆迎驾，近午驾回，驻辇大庆门。上赐茶酒，拜谢退，率一二同舍，择胜纵观，至夜分，必醉归，岁率为常。”

③不可：《古今岁时杂咏》作“不忍”。

已　醒[①]

已醒厌厌醉，将开灼灼红。年年到春日，忽忽遇东风。

暇日如年永，闲愁似酒浓。时能将醉眼，天际送飞鸿。

①此诗创作时间不详。春日暄妍，一番闲愁，醒来还醉，目送飞鸿。前四句连用厌厌、灼灼、年年、忽忽四组叠字，不觉重复累赘，反而给人一种醉眼蒙眬的美感。

齐安秋日①

齐安荒僻郡，平昔处放臣。幸此公酒美，复此高秋晨。
百忧虽抢攘，一榼奈芳醇。举杯三酌后，遥作葛天民。

①宋哲宗绍圣四年（1097），张耒谪监黄州酒税，这首诗即写于黄州。张耒性嗜酒，对各地佳酿自有一番品评：“自余罢守宣城，至今且二年，所过州府数十，而有佳酒者不过三四处。高邮酒最佳，几似内法，问之其匠，故内库匠也。其次陈州琼液酒，陈辅郡之雄，自宜有佳匠。其次乃黄州酒，可亚琼液而差薄，此谪官中之一幸也。”（《明道杂志》）他在《冬日放言二十一首》（其一）中有“去国一千里，齐安酒最醇”诗句。由此可见，作为放逐之臣，张耒是幸运的。齐安，黄州的旧称。《元丰九域志》卷五：“下，黄州，齐安郡，军事。治黄冈县。”

冒雨归饮酒①

密雨集春庭，花含晓气清。喜倾烧酒酽，更御暑衣轻。
老惜春无日，穷欣岁有成。杖藜园径晓，坐见小池平。

①这是一首张耒晚年寓陈之作。直抒胸臆，自然有味。

和苏仲南柳湖会饮三首①

老病倦岑寂，燕游聊与俱。开樽当胜地，飞盖渡平湖。
落日晚明灭，烟林远有无。归来灯火夜，人影乱栖凫。

交友不在眼，逢君怀抱开。主人容客醉，樽酒犯寒来。
老境侵霜鬓，羁愁付酒杯。身闲不易得，相与且徘徊。

新亭当绝岛，景物更清妍。耳热风前酒，心澄水底天。
观鱼方有得，荐味肯烹鲜。默坐吟春草，知君似惠连。

①此为张耒晚年寓陈之作。柳湖是当年陈州教授苏辙游宴读书的地方，如今与苏辙次子苏仲南置身其间，把酒临风，感今怀古，酬唱应答，倍切欢愉。“柳湖”，民国本作“邵湖”。张耒另有七言律诗《和苏仲南柳湖会饮》。

六　言①

青春要去便去，美酒得斟且斟。
莫问世间蹀躞，须知老境侵寻。

①这首诗创作年代不详。周裕锴先生在《宋代六言绝句的绘画美与建筑美》中指出：“六言绝句属于一种特殊的近体诗，每句由三组双音步的词构成，停顿节奏为二二二，在诵读时，所有音步的时值相等，缺乏五、七言诗那种单双音步交相迭代的变化感，显得单调呆板。同时，由于没有五、七言诗那种单音步的调节，因而其两联之间的平仄无法形成

粘的关系，与近体诗的声律相矛盾，不符合粘对的规律。这种节奏单调、平仄失粘的诗体是不适合吟咏的。”鉴于六言绝句存在体式上的先天不足，历代诗人多以此为赋咏之余事，不像五言绝句、七言绝句那样常见。这首六绝直以《六言》命名，诗句峭拔，格调洒脱，给人一种放达不羁、清丽沉着之感。

戒　醉①

平生嗜酒爱《离骚》，痛饮须知属我曹。
仕宦低回要斗粟，功名迂阔欲霜毛。
直须减省樽罍费，莫厌沉迷簿领劳。
醉吐相茵君勿恃，邴公遗事久寥寥。

①元丰年间，张耒转徙州县，就食四方，嗜酒如故，只恨官卑俸薄，家境窘迫，鱼与熊掌不可兼得，遂戒醉明志。数年后，张耒供职汴京，罹患风痹，亲友劝其戒酒，他以诗戏答：“因病细斟尤有味，无人独酌亦成欢。”邴公，指东汉末年名臣邴原，少孤家贫，戒酒力学，守道持常，曹操授为丞相征事，并赞其“名高德大，清规邈世，魁然而峙”（《三国志·魏书·邴原传》）。

次韵盛居中夜饮①

吴衣厌拂洛阳尘，梦寐一樽漫海滨。
每愿托车常贮酒②，况逢投辖苦留宾。
苍龙挂斗寒垂夜，翡翠浮花暖作春。
上界高真足官府，追随却属散仙人。

①宋哲宗元祐三年（1088）十二月，三十五岁的张耒与晁补之在汴京盛次仲家夜饮赋诗，盛次仲首唱，晁、张二人次韵和之。盛次仲，字居中，开封人。宋仁宗嘉祐六年（1061）进士，元丰初为慈溪知县，元祐元年与张耒同试馆阁，为校书郎，迁集贤校理，宋徽宗建中靖国元年（1101），以直龙图阁知邓州，为官持身公介，惠政爱民，雅有文名。纪昀评此诗："前四句欠浑健，后四句自好。"（《瀛奎律髓汇评》卷八宴集类）

②此句民国本作"每愿脱巾常漉酒"。

题　壁[①]

命驾欲诣客，欲去复迟迟。事幸无甚急，何用劳驱驰？
家贫幸有酒，亦略具鲜肥。且复东窗下，高歌醉而嬉。

①这首五言古诗为张耒晚年寓陈之作。闲适自得之状，呼之欲出。

十月二十二日晚偶作三首[①]

黯黯东牖暗，寂寂吾庐闲。粗粝饱妇子，苜蓿无余盘。
雁急天欲雨，鸡栖夕已寒。老人袖手坐，一杯聊自宽。

天寒聊饮酒，再酌已停觞。岂不欲酣畅，要使夜腹康。
意得乐有余，偶欢[②]不必长。寄身造化中，勿使天和伤。

蓬荜无奥处，北风利戈鋋。空炉有微火，且复与周旋。
酒隐柴桑叟，醉吟渭上贤。二士忽已远，遗风载陈编。

①这是张耒晚年寓陈之作。民国本题作《十月二十二日晚作三首》。因为年迈体衰，已不复当年豪饮。三首诗的主旨，可以借用他自己的诗句“诗酒清欢兴味长”来概括。

②偶欢：民国本作“偶然”。

冬日放言五首[①]

卯饮终日醉，万事付悠悠。醺然据榻瞑，檐雨方飕飕。
吾事幸无急，不醉欲何求？顾谓妇与子，酒尽为我谋。

酒圣卯时欢，此语闻乐天。安用苦了了，白日供忧煎。
浮世本幻妄，空花电露然。人间无实事，惟醉庶几焉。

愈老愈嗜酒，益醉益自然。两人同坠车，醉者乃得全。
我不但醉酒，天和醉心源。当其醉甚时，更类痴与顽。

我初谪官时，帝问司酒神。曰此好饮徒[②]，聊给酒养真。
去国一千里，齐安酒最醇。失火而遇雨，仰戴天公仁。

吾腹如鸱夷，但满贮醇酒。外圆故不滞，中静一无有。
纷纷千百辈，纳若一尘垢。下而至真源，保之故难朽。

①原题《冬日放言二十一首》，兹择取五首。这一组五言古诗写于宋哲宗绍圣四年（1097）冬十月，名曰“放言”，即放肆其言、不受约束之谓。主要描写的是悠悠万事、一醉方休的谪官清冷生活，或妙喻取譬，或诙谐幽默，笔调流畅自然，抒怀气定神闲。“吾腹如鸱夷，但满贮醇酒。”据《汉书》卷九十二记载，扬雄作《酒箴》，有言：“鸱夷滑稽，腹大如壶。尽日盛酒，人复借酤。”

②饮徒：民国本作“酒徒”。

今　旦[1]

今旦寒气至，晨坐进一杯。一杯未能已，三酌竟空罍。
我有胸臆事，欲言谁使陪？往往中夜叹，郁结无由开。
赖此樽中君，破闷有从来[2]。时时从之游，报我以欢咍。
古园[3]多寒肴，老妻治炮煨。谁云一日富，此价万琼瑰。

①这是张耒晚年寓陈之作。他黎明起坐，便用酒化解胸中郁结的块垒，好在温良贤惠的“老妻”炮煨的饭菜非常可口，堪比珠玉之美。

②从来：民国本作“后来”。

③古园：民国本作“故园”。

在告家居[1]

朝日入寒屋，春风已复来。老子朝睡足，悠然有好怀。
冬温抱微疾，亦不禁酒杯。悠悠三酌后，径使牢愁开。
恼我以贫贱，我心如死灰。诱我以富贵，我视如尘埃。
以此行世间，何往愿不谐。呼奴具鳙脯，蔬果粗安排。
瓶中幸未燥，不醉何归哉？

①张耒谪官黄州，偶感风寒，告假在家休养，心如死灰，借酒浇愁。然而，贫贱不能移其志，视富贵如尘埃。与孔子“不义而富且贵，于我如浮云”（《论语·述而》）一脉相承。可以想见，张耒捉笔赋诗之际，必定忆及曾经流落黄州、躬耕东坡的恩师——苏轼，甚至高声吟唱他的《自题金山画像》诗句：“心似已灰之木，身如不系之舟。问汝平生功

业，黄州惠州儋州。”

饮酒拟柳子厚[①]

泽国多水气，日西春尚寒。穷居无乐事，且复开清樽。
一酌召和气，三觞失愁颜。百忧如奔云[②]，天地为我宽。
采采田中[③]杞，愈食仍甘餐。登盘自有味，何必盛炮燔。

①这是张耒谪居黄州时拟唐代诗人柳宗元（字子厚）《饮酒》诗创作的一首五言古诗。穷居无事，开樽解忧。张耒《明道杂志》：“退之作诗，其精工乃不及柳子厚。子厚诗律尤精。”

②奔云：民国本作“崩云”。

③田中：民国本作“中田”。

四月一日同潘何小酌[①]

今晨一杯酒，相属送归春。明年东风至，何处复迎新？
悬知柯山下，犹作未知[②]人。来事如宵梦[③]，未至难预论。
且复[④]饮此酒，陶然付大钧。

①宋徽宗崇宁五年（1106）四月一日清晨，张耒同潘大临、何斯举在黄州柯山饮酒送春，赋诗感怀。崇宁四年（1105）九月五日，诏令张耒由黄州恩迁兖州；崇宁五年正月十七日，叙复承议郎，监南山岳庙；三月，诏许任便居住。如此朝令夕改，明年在何处迎春，难可逆料。潘，即潘大观之兄潘大临；何，即何斯举，黄冈人，尝从苏轼、黄庭坚学。

②未知：《古今岁时杂咏》作“未归”。

③此句民国本作“来者事如梦”。

④且复：民国本作“且使”。

孙志康许为南酿前日已闻籴米欣然作诗以问之[1]

平生一樽酒，风月不可无。谪官将十年，一醉未易图。
市岂无旗亭，官亦有酒垆。薄古与醨酸[2]，一滴不可沽。
英英孙夫子，臭味真吾徒。自云得异蘖，乃出粳稻腴。
岁久精粹去，去者乃其粗。酝酿才浃日，芳甘已盈壶。
伧人喻其力，若火经茅芦。此语真野陋，殆出负贩夫。
前日闻吉语，籴米已在途。每恨乏陈糯，价直如买珠。
怜君久客囊，倾倒无复余。假器走仆僮，供我一笑娱。
欲为漉巾潜，请学涤器如。作诗以讯之，何日陈尊盂？

①宋徽宗大观二年（1108），寓居陈州的张耒寄诗询问孙志康买米酿酒诸况。孙志康生平见《送孙志康赴高阳》诗下注。《宋诗钞》收录此诗。
②此句民国本作“薄乃捩齿酸”。

服仙灵脾酒[1]

冷气侵吾髀，趋拜剧苦艰。仁哉神农氏，遗药驱恫瘝。
持钱取之市，易得如茅菅[2]。药枝[3]与芳叶，尽取无可删。
贮之白缣囊，渍以壶酒宽。七日以供饮，跛曳皆翩跹。
呼儿谨盖藏，用此九转丹。平生误信书，安坐得老謾。
方书岂尽信，柳子固多言[4]。事有固[5]然者，岂容尽欺谩。
疾走非无愿，且复辅羸残。

①张耒晚年寓居陈州，因风痹服仙灵脾药酒，此诗述其制作过程甚详。明

代徐光启《农政全书》卷四十七："仙灵脾，《本草》名淫羊藿，一名刚前，俗名黄连祖、千两金、干鸡筋、放杖草、弃杖草，俗又呼三枝九叶草。生上郡阳山山谷及江东、陕西、泰山、汉中、湖、湘、沂州等郡，并永康军皆有之。今密县山野中亦有。苗高二尺许，茎似小豆茎极细紧，叶似杏叶颇长……味辛，性寒。一云性温无毒。"

②茅莞：民国本作"茆芫"。

③药枝：民国本作"繁枝"。

④多言：民国本作"无言"。

⑤有固：民国本作"固有"。

秋雨独酌三首①

秋阴不可解，澍雨忽连朝。贫居庭除狭，涨潦时惊飘。
老夫凌晨起，山木鸣萧萧。开门买野菜，菘薤喜新苗。
鄙人晚耽佛，像设如僧寮。焚香翻贝叶，禅诵安不劳。
日高出道场，倾盖盈山瓢。醺然知体畅，谁共此逍遥？

羲和隔重云，不复知下土。商羊何为者，得时方鼓舞。
老人闲不出，秋草生环堵。况兹阴霖时，块坐谁与语。
江人雨不鱼，鲂鲤不登俎。晨烹亦何有，藜藿恣烹煮。
壶中有芳春，造物不得与。一醉兴未终，连延忽三举。

阴雨何可处，乐事赖尊中。泥泞不可出，洁扫一亩宫。
气平忧患失，目净尘滓空。谁知环堵间，乐事殊未穷。
老人饱谙事，未易勤其胸。儿曹方蜩螗，几见弄伎工。
惟有尊中物，于人差有功。不解作悲秋，吾师柴桑翁②。

①这一组三首五言古诗是张耒谪居在黄州所作，民国本失载此诗。秋雨连

绵不绝，道路泥泞难行，幽居百无聊赖，独酌慰藉愁肠。

②原缺“桑”字，据文意补。陶渊明晚年隐居柴桑里，故称柴桑翁。

文周翰邀至王才元园饮[1]

朝衫冲晓尘，归帽障夕阳。日月马上过，诗书箧中藏。
心疑长安人，一一如我忙。城西有佳友，延我步闲坊。
入门见主人，谢客[2]无簪裳。蒲团乌皮几，密室留妙香。
门前佳木阴，堂后罗众芳。饭客炊雕胡，旨酒来上方。
盈盈双鬟女，身小未及床。执板歌一声，宾主无留觞。
漱井消午醉，扫花坐晚凉。主翁尘外人，三十辞明光。
闭门自灌园，种花[3]见老苍。有才不试事，归卧野僧房。
知君非徒然，顾我不能量。始知同一国，喧静自相忘。
众绿结夏帷，老红驻春妆。何惜君马蹄，坐令风雨狂。

①宋哲宗元祐二年（1087）五月，张耒在汴京应邀与文周翰、李常、杜纮、黄庭坚、晁补之等至王才元家饮酒，赋五古一首，黄、晁二人次韵唱和。苏轼、黄庭坚对此诗颇为赞许。《王直方诗话》：“文潜先与李公择辈来饮余家，作长句。后数十日，再同东坡来。坡读其诗，叹息云：‘此不是吃烟火、食人道底言语。’盖其间有‘漱井消午醉，扫花坐晚凉。众绿结夏帷，老红驻春妆’之句也。山谷次韵云：‘张侯笔端势，三秀丽芝房。作诗盛推赏，月珠计斛量。扫花坐晚吹，妙语亦难忘。’”胡仔《苕溪渔隐丛话》则认为此诗首四句“造语极工”。文及甫，字周翰，文彦博子，官至工部侍郎。王棫，字才元，王直方父，初为供备库副使，后知宁化军。

②谢客：《坡门酬唱集》作“燕客”。

③种花：《坡门酬唱集》作“种木”。

次韵渊明饮酒诗[①]

鄙性嗜酒，亲友所知也。绍圣丙子，得官明道，寓居宛丘，职闲无事，终日杜门。人知其好饮也，或馈之酒，不问寒暑，日辄数酌，饮虽不多，而乐则有余。因读渊明《饮酒》诗，窃爱其文词而慕其放达，因次其韵。嗟余与渊明神交于千载之上者，岂敢论诗哉，直好饮者庶几耳。得诗一十九首。

我欲常饮酒，俗事苦夺之。饮酒不得醉，何如未饮时。
颠倒众讥笑，佳处正在兹。念此虽杜门，浊醪日常持。

出门惮应接，俗士多不情[②]。对酒辄拜辞，好礼以求名。
嗟嗟名几何，曷足善尔生？共处一泡中，倏忽风涛惊。
好饮信无补，不饮亦何成？

我久喜文词，思与鸿鹄飞。老来觉非是，念昔正可悲。
买金铸杜康，百拜誓归依。晋陶与康伯，九原吾与归。
涉世苦不谐[③]，多病身早衰。惟有尊中酒，不与我心违。

处乐非纵情，处静非避喧。豪夸[④]与枯槁，彼各据一偏。
悠然独乐处，在我不在山。羲皇迹已远，三酌呼可还。
一尊每独睡，不待宾客言。

所嗜人不得，一物百非是。犹有尊中酒，道胜无敢毁。
彼哉讥谤者，诳口而信耳。当忧十八隔，罚此谬语绮。

自庇无一椽，道人分半宅。屋西罗古殡，寒草无人迹。

累累长与少，岂复待年百。鸦飞朝树疏，虫吊宵月白。
平生或不饮，至此方知惜。

曹参汉贤相，掾吏亦豪英。四海付醇酒，乃真知物情。
亡秦余毒烈，一洗百壶倾。和气熏醉人，金革乃不鸣。
卑卑谈治道，陋矣洛阳生。

种树东檐下，雨来发幽姿。微阳动九地，光彩变新枝。
荣衰一以异，枯槁易神奇。消息天使然，人工徒尔为。
杜门沽酒饮，高悬吾马羁。

里有好事者，我往尊辄开。我亦为之尽，每往亦开怀。
尚虑数见厌，动作旬月乖。今晨起苦晚，独坐见鸟栖。
冬温雪作雨，里巷苦[5]多泥。且复闭门坐，开卷理多谐。
谁知无言中，独往不自迷。得意复终日，弭车不复回。

弱岁慕世名，中年颇探道。世间无非苦，病死与生老。
相寻无穷已，递代作荣槁。奇哉竺乾书，百遍读愈好。
污泥虽云浊，本不害吾宝。酒虽破净律，吾事在律表。

昔尝罹厄疾，一卧辄逾时。念无所归咎，乃誓与酒辞。
那知偶不死，持杯复饮兹。既饮辄为尽，快哉复何疑。
神畅病自去[6]，此说信不欺。药石伤天和，此方吾笑之。

世间有醉乡，百世本一境。欲游不待驾，但畏足疾醒。
其乡无限界，亦不阻岩岭。阴阳无疾疠，风俗尽箕颍。
君往余请从，无待宵烛炳。

酒尽辄起沽，耽然待酒至。呼儿挈樽杓，未酌兀已醉。

譬如念醯醢，流液不待味。醉客失揖让，醉语少伦次。
坐客皆摇头，知稀故我贵。

儿童居宛丘，里巷昔所经。重来三十年，落魄竟何成？
扣门问长老，主人多已更。萧萧城南道，松柏共[7]坟庭。
念此久兴叹，游不待鸡鸣。悠然且饮酒，聊以慰平生。

岁晏霰雪集，客庭号北风。老人不复出，兀睡小斋中。
忽然身且老，惜此岁时穷。一弛不再张，吾身如挂弓。

渊明酒不足，种秫犹可得。无秫酒须求，时人嘲我惑。
宁当且醉酣[8]，慎勿疑通塞。但憎独醒人，岂有禁酒国。
酩酊忘对言，满引常默默。

乐天好饮者，少亦登贵仕。八年浔阳谪，学道乃忘己。
与时虽寡怨，行己终有耻。抗言[9]立朝廷，放志傲闾里。
优游祸福间，出处皆可纪。乘流与偕逝，遇坎辄复止。
酣歌尽百年，天理端可恃。

吾知李太白，潇洒本天真。一饮三百杯，不问漓与醇。
子云亦好饮，白发事亡新。奇穷易投阁，区区赋剧秦。
两贤竟谁乐，千载同埃尘。

平生自[10]百懒，而独于酒勤。生事万缘疏，而独于酒亲。
皇皇东家丘，隐者笑知津。我欲去即去，柴车不劳巾。
但饮百年中，不愧饮酒人。

①宋哲宗绍圣三年丙子（1096），张耒罢知宣州，在汴京得官管勾明道宫，寻便居陈。秋冬之际，寓居宛丘南门灵通禅院西堂的张耒闲职无

事，与友朋“日辄数酌”，优游自得。他一向欣慕陶渊明为人放达，赋诗高妙，且同嗜饮酒，遂次韵渊明《饮酒》诗，抒情写志。陶诗原是二十首，而次韵十九首。韩文奇《张耒饮酒诗平议》认为次韵诗之十八、十九是次韵陶诗之二十的，应合为一首，这样次韵诗只有十八首，检视陶、张之作，可知张耒组诗没有次韵陶氏《饮酒》之二、之十，或未次韵，或已佚失，不得而知。且有少韵、韵字有别、排序不同的差异。换言之，张耒次韵诗思接千载，追求与陶诗的精神交融，而不是亦步亦趋地固守成规。综观其诗，阐明饮酒而醉可以畅神祛病、足慰平生的“佳处”；嗟叹屋无一间、罹疾早衰的窘迫；感慨松柏拱坟、物是人非的陈州故园三十年沧桑变迁；怀念与民休息的曹相国、种秫自漉的陶渊明、潇洒天真的李太白、抗言朝廷的白居易诸先贤，都无法逃脱“千载同埃尘”的命运。惟其如此，悠悠世间，归依醉乡，“但饮百年中，不愧饮酒人”。令人不解的是，就在张耒次韵陶渊明《饮酒》诗前四年，即宋哲宗元祐七年（1092），扬州知州苏轼《和陶饮酒二十首》，“以示舍弟子由、晁无咎学士”。苏辙和作《次韵子瞻和渊明饮酒二十首》，晁补之和作《饮酒二十首同苏翰林先生次韵追和陶渊明》。晁次韵诗末章更称赞张耒“张侯公瑾流，英思春泉新”。依理推之，张耒次韵陶诗在四年之后，不会不知道师弟子次韵陶诗事，张耒却只字未提，岂非怪事？

②多不情：民国本作“不多情”。

③不谐：民国本作“不谙”。

④豪夸：民国本作“豪华”。

⑤苦：《坡门酬唱集》作“居”。

⑥去：民国本作“失”。

⑦共：《坡门酬唱集》作“拱”。

⑧醉酣：《坡门酬唱集》作“酣醇”。

⑨抗言：《坡门酬唱集》作“抗颜”。

⑩自：《坡门酬唱集》作“事”。

寄曼叔求酒[①]

青衫畿丞顽不羞，三十持板拜督邮。
归来无物与消愁，典衣沽酒寒无裘。
囊空酒贵不可得，缩手愁坐凝双眸。
秋风破屋冷飕飕，夜长不眠吟掉头。
岂无邻家酒可偷，简书缚汝如穷囚。
淮阳冬醪滑胜油，唇焦不饮已经秋。
汲公直声闻九州，小子昔也从公游。
悯怜憔悴赐颜色，时丐余酌濡其喉。
军厨嵯峨糟作丘，万瓮沸响玉蚁浮。
辙鱼所愿斗水游，不敢多取烦阳侯。
玉瓶未至涎已流，想见潋滟盈金瓯。
歌成缄书还自咻，一醉犹须越境谋。

①原题下注有“孙端明”三字。宋神宗元丰七年（1084）秋，咸平县丞张耒向陈州知州孙永寄诗求酒。此诗用散文的铺叙手法，平易流畅，比兴贴切。张耒曾从孙知州游，而今囊空酒贵，更兼“淮阳冬醪滑胜油，唇焦不饮已经秋”，故而越境求酒。孙永（1019—1086），字曼叔，赵郡人。以祖荫为将作监主簿，宋仁宗庆历六年（1046）进士，历知秦州、和州、颍州、陈州，官至吏部尚书，卒谥康简。

二十三日晨欲饮求酒无所得戏作[①]

张君所欲一壶酒，百计经营卒无有。
夜来客至瓶已空，晨起欲饮还戒口。

努力忍穷甘寂淡，人间万事如反手。
百壶一醉有底难，造物谑戏君须受。

①此诗创作时间不详。张耒性嗜酒而无所得，归结于造物主给自己开玩笑，甘于寂淡，固穷自守，其高洁可见一斑。陶渊明“惟遇酒则饮，时或无酒，亦雅咏不辍”（《晋书》卷九十四），此之谓也。

止酒赠郡守杨怀宝[①]

止酒正似塞决河[②]，厚积薪刍傅沙砾。
坚牢不使见蚁漏，一线才通便奔激。
莫轻弱箭不穿缟，转眼已惊牛弩射。
我今止酒用此法，目前逾月无涓滴。
情钟我辈当痛制，慧通则流那可测。
惩羹端是合吹齑，用玉无疑初谏漆。
脾干胃燥生未省，黄姥无聊怨岑寂。
不忧群饮恼姬翁，但畏独醒嘲楚客。
茫然自悯还自笑，一身心口相仇敌。
何妨二竖即奔忙，不废三婴更滋泽。
平生杯杓不挂眼，一饮便须论斗石。
低心伏老慎勿痴，此身何啻千金值。

①这首七言古诗是张耒写赠黄州郡守杨怀宝的，时间大概在宋哲宗元符初年（1098）。张耒谪监黄州酒税，风痹发作，当务之急戒酒。想当年，“酬春欲办千缸酒，酒扫花前作醉眠”，放歌纵酒，何等豪迈！而如今，用堵塞河决法止酒，“茫然自悯还自笑，一身心口相仇敌”。杨怀宝，字器之，管城人。曾任两浙转运判官。张耒与其兄杨国宝素有交情，因而谪居黄州时颇得杨怀宝关照。

②决河：民国本作“河决”。

对雪呈仲车[①]

学堂岁暮无来客，残雪漫漫风猎猎。
当庭古柳三四株，老翁携帚收残叶。
二年闲散百事慵，饥寒不自勤锄锸。
囊空甑倒谁复求，典衣买酒将空箧。
人间万事苦难齐，以醉驱愁最奇捷。
丈夫未死谁能测，幽忧何自同儿妾。
饮酣耳热诗兴遒[②]，直上虚空恣陵躐。
饥喉冻噤谁与解，正藉醺酣得嚅嗫。
少年举白未尝辞，渐老深杯见还怯。
何当共有种秫田，免向官垆走书帖。

①宋神宗熙宁九年（1076），张耒在楚州山阳丁父忧，与“气类亦相合，老少两忘齿”的挚友徐积（字仲车）比邻而居，常相酬唱。这首七言古诗写于宋神宗熙宁十年（1077）冬月，对雪抒发怀抱。徐仲车生平见《呈徐仲车》诗下注。《宋诗钞》选录此诗。

②遒：民国本作“豪”。

王晋卿惠诗许酒未送次其韵督之[①]

酸寒杜陵老，痛饮遗身世。
云安小县曲米春，遥知美味无多子。
犹令此老气如虎，傲兀几以醉为累。
争知侯家美酒如江湖，金铛犀杓与之俱。

玉壶满倾春水快[2]，银槽夜滴秋雨疏。
主人文章足宾客，许致曲生来坐侧。
三杯脱帽我家风，渴如旱田占雨虹。
冷官如瓶君未见，腹惟贮水冰生面。
鸣鞭走送烦驺辔，坐对朝寒北风起。
未欲烦公大作宴，老夫自斟看深浅。

①民国本题作《王都尉惠诗求和逾年不报王屡求索而王许酒未送因次其韵以督之》。此诗写于宋哲宗元祐年间供职馆阁时期。驸马都尉王晋卿向张耒赠诗求和，并许诺以酒相送，时逾一年迟迟未见兑现，张耒便次韵其诗督促，好饮之名诚不虚也。王诜，字晋卿，太原人。娶宋英宗第二女宝安公主，拜左卫将军、驸马都尉。擅画山水，有《烟江叠嶂图》《溪山秋霁图》存世。其词清丽调美，“人月圆”词牌名即以其《人月圆·元夜》为正体，词句有“年年此夜，华灯盛照，人月圆时”。尤有甚者，元祐三年（1088），王诜邀请李公麟用白描写实手法绘制的《西园雅集图》，再现了苏轼、苏辙、黄庭坚、秦观、晁补之、张耒、米芾、王诜、李公麟、王钦臣、李之仪、圆通大师等十六位文人雅士在王诜府中聚会的情景，“人物秀发，各肖其形，自有林下风味，无一点尘埃气”（米芾《西园雅集图记》），赓续兰亭雅集文脉，为赵宋以来历代巨公名流所推重。

②此句民国本作“玉壶晓倾春水决”。

醉中杂言[1]

老人攀花复藉草，春力着人如醉倒。
未容作计试留春，东风已与人俱老。
东君惜春不惜花，千红万紫委泥沙。
已教白日张锦绣，更欲平地兴云霞。

我欲呼客无酒肉，摘花插头悲发秃。
安得酿酒万瓮屠千羊，花间醉饱踏春阳。

①这是张耒晚年寓陈之作。老境侵寻，无计留春，待客无酒，插花发秃，奈何！奈何！古代以醉入诗的诗作俯拾即是，白话诗亦不乏佳构。1920年，新文化运动先驱胡适先生写作一首《梦与诗》，后四句颇为脍炙人口："醉过才知酒浓，爱过才知情重；——你不能做我的诗，正如我不能做你的梦。"

九、杂俎

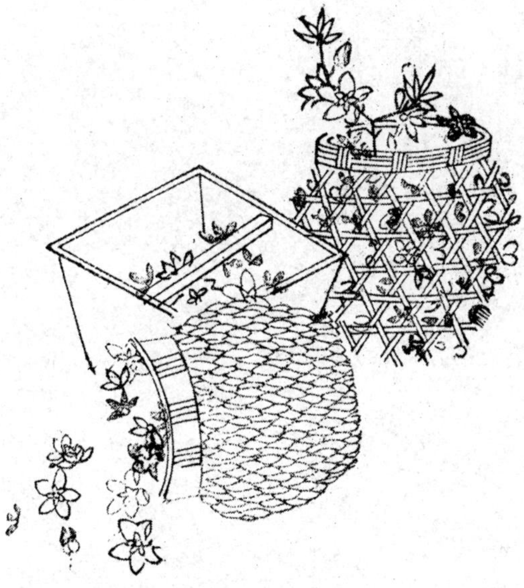

这是张耒五、七言律绝和古诗以外的诗文杂录，其中《寄衣曲》《江南曲》《寿阳曲》《周氏行》《古意三首》，是赞美真挚爱情的古乐府歌诗，或愁寂幽怨，或活泼俏皮，格调高妙，婉转动人；《种菊》《友山》是自拟新题的骚体乐府诗，亦歌亦赋，句式新颖，读来令人荡气回肠，目清耳和。其他如《问双棠赋》《哭下殇文》《新居上梁文》《淮阳郡黄氏友于泉铭》《书外祖李公诗卷后》《汉世祖光武皇帝庙记》《上文潞公献所著诗书》《祭秦少游文》《晁无咎墓志铭》等，是张耒创作的赋、文、记、铭、题跋、祝文、书简、祭文、墓志铭诸文体的代表作，尝鼎一脔，余味可知。

词是由诗演化而来的一种文学形式，有“诗余”之称。明代杨慎《词品序》曰：“诗余者，《忆秦娥》《菩萨蛮》二首为诗之余，而百代词曲之祖也。”苏轼是宋代豪放词派的开拓者，张耒作为苏氏的“羽翼”，存世词作却寥寥无几，宝如星凤。南宋文学家胡仔《苕溪渔隐丛话》云：“元祐诸公皆有乐府，惟文潜仅见《少年游》《风流子》数词，味其句意，不在诸公下矣。”当代词学大家龙榆生《校订苏门四学士词弁言》称：“张词接近秦氏，可惜作品流传太少。”

解铃还须系铃人。张耒《倚声制曲三首》序曰：“予自童幼即好作文字，每于他文尝为之，虽不能工，然犹能措词。至于倚声制曲，力欲为之，不能出一语。……夫诗、曲类也，善为诗而不能制曲。”

张耒传世的诗文集俱不附“诗余”。本章收录其词作六首，由赵万里校辑，采自《全宋词》。

寄衣曲①

秋风西来入庭树，攀条正念征人苦。
空窗自织不敢任，鸣机愁寂如鸣橹。
练成欲裁新丝香，抱持含愁叔姑堂。
别来不见衣觉窄，试比小郎身更长。

①这首古乐府歌诗的具体创作年代不详，品其意味，或在绍圣年后外放期间。秋风西来，思妇为远行征夫缝制寒衣，愁丝绵绵，体贴入微。尾联“别来不见衣觉窄，试比小郎身更长”，与古诗“相去日已远，衣带日已缓”（《行行重行行》）、张籍“殷勤为看初着时，征夫身上宜不宜”（《寄衣曲》），异曲同工，句句堪传。宋哲宗绍圣四年（1097），苏轼在惠州曾书写张耒《寒衣歌》。刘克庄《后村先生大全集》卷一百四《书文潜寒衣歌》：“唐乐府惟张籍、王建，本朝惟一张文潜尔。坡公手录此篇，亦如退之于旧辈乎！然文潜每篇语意有缓弱处，不如籍、建句句紧切。”然而，今存张耒诗文集中仅有《寄衣曲》《寒食歌》，而无《寒衣歌》。当年坡公所书者为《寄衣曲》也未可知。

江南曲①

平湖碧玉烟波阔，芰荷风起秋香发。
采莲女儿红粉新，舟中笑语隔烟闻。
高系红裙袖双卷，不惜浮萍沾皓腕。
争先采得隐船篷，多少相欺互相问。
吴儿荡桨来何事？手指荷花示深意。
郎指莲房妾折丝，莲不到头丝不止。

月上潮平四散归，舟轻楫短去如飞。
断肠脉脉两无语，寄情流水传相思。

①这首古乐府歌诗的创作时间大约在宋神宗熙宁、元丰之际。诗中的采莲女心灵手巧，活泼可爱；吴儿荡桨大胆表白，情意真挚。然而，欢娱短促，归舟如飞，断肠脉脉，流水悠悠……“江南曲”是乐府旧题，又名“江南可采莲”。古辞纯用白描叙写江南采莲时的景象。值得一提的是，《宛丘先生文集》原载乐府诗《采莲子》：“菡萏香莲十顷陂，小姑贪戏采莲池。晚来弄水船头湿，更脱新裙裹鸭儿。”有学者考证，为唐代皇甫松所作。参见崔铭《张耒年谱及作品编年》。

寿阳歌①

寿阳楼前淮水碧，寿阳美女如脂白。
李郎青鬓照青衣②，曾在花前作狂客。
伯劳睡重花枝晚，时许蜻蜓一偷眼。
欢娱虽少恨已多，纤手红笺挥翠管。
淮阳归来春已暮，夜夜梦魂淮上去。
欲歌旧曲只添愁，画得双蛾不能语。
有客南来从寿春，众中笑问动精神。
自从柳别章台后，攀折风光知几人。
已伴春衫辞侧帽，不怕娇啼随意笑。
嗟君耿耿独相思，须信多情是年少。

①这是一首吟咏爱情的乐府诗，大致创作于宋神宗熙宁年间张耒临淮主簿任上。临淮属泗州，毗邻寿州，地处淮南要冲，淮水朝游夕济，畅饮寿阳楼头，熟稔土风人情。长歌一曲将相思多情的少男少女刻画得惟妙惟肖。

②青衣：民国本作“青衫”。

周氏行[①]

亭亭美人舟上立，周氏女儿年二十。
少时嫁得刺船郎，郎身如墨妾如霜。
嫁后妍媸谁复比，泪痕不及人前洗。
天寒守柂雨中立，风顺张帆夜深起。
百般辛苦心不惜，妾意私悲鉴中色。
不如汀上[②]两鹭鸶，飞去飞来一双白。
长淮杳杳接天浮，八月捣衣南国秋。
谩说鲤鱼能托信，只应明月见人愁。
淮边少年知妾名，船头致酒邀妾倾。
贼儿恶少谩调笑，妾意示尔[③]鸿毛轻。
白衫乌帽谁家子，妾一见之心欲死。
人间会合亦偶然，滩下求船忽相值。
郎情何似似春风，霭霭吹人心自融。
河逢中潬[④]还成阻，潮到蓬山信不通。
百里同船不同枕，妾梦郎时郎正寝。
山头月落郎起归，沙边潮满妾船移。
郎似飞鸿不可留，妾如斜日水东流。
鸿飞水去两不顾，千古万古情悠悠。
情悠悠兮何处问，倒泻长淮洗难尽。
只应化成淮上云，往来供作淮边恨。

①这首乐府歌诗的创作时间大致与《寿阳歌》相同。本诗以二十岁的船家少妇周氏的口吻，将自己不幸的身世娓娓道来，视淮边恶少的调笑轻如鸿毛，坚贞自重的形象跃然纸上。可是与“白衫乌帽”少年却一见

倾心，欲生欲死，无奈好梦不长，“百里同船不同枕”，“郎似飞鸿不可留”，只落得情悠悠，恨悠悠……全诗格调高妙，语言明畅，叙事婉转动人，情感真挚绵密。

②汀上：民国本作“江上”。

③示尔：民国本作“视尔”。

④河逢中潬：民国本作“河中逢单”。潬，古同“滩”。

古意三首[①]

园中杨柳树，飞舞似含羞。
如何风静处，尽放眼中愁。

金铺银屈膝，动处有人挨。
棋盘作十字，中心为子来。

橘犀如半月，何日是圆时？
如何一种味，却有两人知？

①民国本题作《古意》，十二句合为一首。此诗创作时间大体与前几首乐府诗相当。一组三首巧用比兴寄托手法，淋漓尽致地展现了闺中女子羞赧、幽怨、思念的复杂内心世界。张耒另有《古意》七言绝句：“楼上珠帘拂疏网，却匀愁黛对凌波。也知新旧争多少，敢话机头织素多。”“古意”，是一种拟古诗题，托古喻今，以南朝文学家沈约五言诗《古意》为代表，“回忌声病，约句准篇”（《新唐书·宋之问传》），历代名家如颜之推、白居易等多有创作，可谓近体律绝的先声。

种　菊①

张子病，目眩而视昏，医有劝食菊者，春夏食叶，秋冬食花。张子以谓菊华于草木变衰之际，而又功足以御疾，类有德君子，因求而植诸庭焉。

何馨香之芬敷兮，昌绿叶而紫茎。是其名为菊兮，爰植予之中庭。性清平而不躁兮，味甘爽而充烹。当秋露之惨凄兮，舒煌煌之华英。色正而丽兮，气芬以清。纯静秀洁兮，族茂群荣。采食以时兮，天和以宁。颖轻窍达兮，瞳子清明。散败流浊兮，风宣滞行。仙圣所饵兮，屏除臭腥。久嗜不废兮，将延尔龄。嗟予生兮，蹇薄烦冥。忧饥畏寒兮，微禄以生。终曷归兮，山林是营。膏粱鼎食兮，方丈纵横。炙熊之蹯兮，龙醢羊羹。彼得有命兮，吾奚尔荣？惟兹佳菊兮，野实以生。采撷咀食兮，荐俎盈登。求之孔易兮，世焉莫争。我有久疾兮，壅塞烦昏。支节坚痹兮，气阏于元。惫不能支兮，外壅中干。疥癣得志兮，蛲蛔伏蟠。餐华秋冬兮，食叶春夏。集新易故兮，尔功是假。宁康我躯兮，骨节坚良。产和剔戾兮，其乐洋洋。反华于玄兮，易瘘以强。忘生绝俗兮，深潜远藏。骖驾云雾兮，呼吸太阳。招友彭咸兮，御风以翔。吁嗟此菊兮，吾于尔望。

①这是一首张耒自拟新题的乐府诗，创作年代不详。从“我有久疾兮，壅塞烦昏。支节坚痹兮，气阏于元”诗句判断，或写于宋哲宗绍圣元年（1094）四月以直龙图阁知润州之后。全篇礼赞菊花色正气清的纯洁品质，感叹自身罹患风痹的烦闷苦恼，畅想未来骨节坚良的美好愿景。亦诗亦文，歌赋融合，具有典型的骚体乐府诗倾向，颇为后世学人推赏。

友　山[1]

张子官于福昌，块然独居，无与为友。宾客不至，遗朋失旧。经时闭门，终日钳口。出无与游，居无与就。谁同我食？谁酌我酒？归守妻孥，出对厮走。驾言出游，田童野叟。气否莫交，情包不剖。塞聪蔽明，盘足袖手。披书阅简，眩目疲肘。厌然成痼，不可针灸。于是张子，涤虑除烦。披庭扫堂，枕手而眠。恍若有遇，有神降焉。曰："我实哀汝，独无友朋。我有教告，子乎我听。凡世之人，百愚一贤。古昔所叹，非独今然。得贤与朋，善固无俪。贤不可得，将愚与比。友贤实难，幸然后值。不幸友愚，与无孰利。谄笑倾辞[2]，韬情晦实。测心献计，因隙投策。口是腹非，面歌背泣。友若此者，实繁孔多。曷若不见，目清耳和。我复告子，真友之实。尔遵我言，友胡有竭！人物虽殊，可友同焉。赐尔以友，其名曰山。居汝左右，在汝北南[3]。端不汝去，澹兮绝言。春丽夏繁，秋疏冬瘦。霞雾融明，风驰雨骤。孤椙横奔，牢屯巧镂。傲岸轩昂，清华润秀。对食临眠，排堂入牖。效技汝前，虽劳不疚。山有佳泉，多灌尔圃。历石悬空，泠泠清漱。如闻妙音，濯烦浴垢。不犹愈乎卑议庸读、过耳增懑、入心善烦者乎？山有修竹，汝园是植。静丽明鲜，端虚正直。如彼正人，扬言发色。微风散碧，宵月镂白。不犹愈乎市貌尘颜、歆眉鼓吻、佞笑浮言、工为媚悦、善佞曲拳者乎？山有乔木，耸立而峙。端无媚姿，若对正士。障雨蔽暍，千人所芘。微飙披拂，吹奏竽籁。不犹愈乎蠕蠕鼠辈、女黠儿娇、奴趋妾拜者乎？山有好鸟，清喉丽羽。引啸长鸣，群呼迭语。夜管风弦，哀簧怨柱。不犹愈乎巷歌里舞、促缩跳梁、颠妖淫污、父子不施、弃礼忘数者乎？如前实繁，言胡可殚？汝与之乐，右攀左援。曷为孑孑，瘏瘵嗟叹？"张子再拜，受言永怀。解累亡忧，心通志开。高山岩岩，流水潺潺。竹茂木翘，鸟鸣琅然。如前夷、齐而后闵、颜，吾何为乎？浩然其间。

①这首自命新题的乐府诗写于寿安尉任上。尉廨在寿安福昌镇。我们从张耒的诗句中可见其环境之恶劣："野县闭门早，山深更漏微"，"地偏佳客断，官冷酒钱贫"，"官闲端欲老，谋拙漫无成"，"吏散门寂寂，虫鸣夜沉沉"，"我来穷山无与友，虽有接纳非吾俦"……压抑郁闷的心境发于辞章，势如大河决堤，一泻千里。全篇以四言为主，起首倾诉孤独无友的哀苦，继而枕手入眠，恍然有神降临，赐友曰山：端居左右，可援可攀，"春丽夏繁，秋疏冬瘦"，且有佳泉、修竹、乔木、好鸟，可以涤虑除烦、解累忘忧，令人目清耳和、心通志开。张子领受教诲，决计以山为友，浩然其间。通观全篇，既有汉乐府"感于哀乐，缘事而发"的现实主义传统，又有散文、辞赋铺排夸饰的交融创新，堪称张耒乐府诗的独特风貌。

②倾辞：民国本作"倾辟"。

③北南：民国本作"北焉"。

少年游①

含羞倚醉不成歌。纤手掩香罗。偎花映烛，偷传深意，酒思入横波。

看朱成碧心迷乱，翻脉脉、敛双蛾。相见时稀隔别多。又春尽、奈愁何。

①此词填于宋神宗元丰八年（1085）咸平丞任上，赠营妓刘淑女。参见《赠人三首》诗下注。赵万里辑本注：见《能改斋漫录》十七、《词综》六、《词律》五、《历代诗余》二十二（转引自龙榆生笺校《苏门四学士词》，下同）。

秋蕊香[1]

帘幕疏疏风透，一线香飘金兽。朱阑倚遍黄昏后，廊上月华如昼。

别离滋味浓于酒，著人瘦。此情不及墙东柳，春色年年如旧[2]。

①此词继《少年游》之后所填，受赠者为同一人。吴曾《能改斋漫录》卷十七："右史张文潜初官许州，喜官妓刘淑奴。张作《少年游》……其后去任，又为《秋蕊香》……元祐诸公皆有乐府，惟张仅见此二词。味其句意，不在诸公下矣。"《元丰九域志》卷一："咸平五年升通许镇为咸平县。"上引"许州"或为"通许"之误。又，《侯鲭录》《宋诗钞补》俱作"赠营妓刘淑女"，故知"刘淑奴"即"刘淑女"。赵万里辑本注：见《能改斋漫录》十七、《词综》六、《历代诗余》十七。

②如旧：龙榆生笺校本作"依旧"。

风流子[1]

木叶亭皋下[2]，重阳近，又是捣衣秋。奈愁入庾肠，老侵潘鬓，谩簪黄菊，花也应羞。楚天晚，白苹烟尽处，红蓼水边头。芳草有情，夕阳无语，雁横南浦，人倚西楼。　　玉容知安否，香笺共锦字，两处悠悠。空恨碧云离合，青鸟沉浮。向风前懊恼，芳心一点，寸眉两叶，禁甚闲愁。情到不堪言处，分付东流。

①此词创作年代不详。赵万里辑本注：见《乐府雅词拾遗》下、花庵《唐宋诸贤绝妙词选》三、《草堂诗余》前集下（《类编》本四）、《诗余图谱》三、《花草粹编》十二、《词综》六、《词律》二、《历代诗余》八十六、《词谱》二。

②此句龙榆生笺校本作“亭皋木叶下”。

满庭芳[①]

裂楮裁筠，虚明潇洒，制成方丈屠苏。草团蒲坐，中置一山炉。拙似春林鸠宿，易于□、秋野鹑居。谁相对，时烦孟妇，石鼎煮寒蔬。　嗟吁。人生随分足，风云际会，漫付伸舒。且偷取闲时，向此踌躇。谩取黄金建厦[②]，繁华梦、毕竟空虚。争如且、寒村厨火，汤饼一斋盂。

①此词创作年代不详。赵万里辑本注：见《乐府雅词拾遗》上。
②此句龙榆生笺校本作“漫说多金大屋”。

鹧鸪天[①]

倾盖相逢汝水[②]滨。须知见面过闻名。马头虽去无千里，酒盏才倾且百分。　嗟[③]得失，一微尘。莫教冰炭损精神。北扉西禁须公等，金榜当年第一人。

①此词创作年代不详。赵万里辑本注：见《乐府雅词拾遗》上。
②汝水：龙榆生笺校本作“汝州”。
③嗟：龙榆生笺校本作“喏”。

减字木兰花[①]

个人风味，只有江梅[②]些子似。每到开时，满眼清愁[③]只自知。
霞裾仙珮，姑射神人风露态。蜂蝶休忙，不与春风一点香。

①此词创作年代不详。赵万里辑本注：见《梅苑》九、《乐府雅词拾遗》上。以上六首词俱失载于《张右史集》《柯山集》《宛丘先生文集》，由赵万里于《乐府雅词》《梅苑》《能改斋漫录》诸书中校辑，兹据《全宋词》补录。

②江梅：龙榆生笺校本作“梅花”。

③清愁：龙榆生笺校本作“春愁”。

问双棠赋并引[①]

双棠者，文潜寓陈僧舍，堂下手植两海棠也。始余以丙子秋，寓居宛丘南门灵通禅院之西堂。是岁季冬，手植两海棠于堂下。至丁丑之春，时泽屡至，棠茂悦也。仲春，且华矣，余约常所与饮者，且致美酒，将一醉于树间。是月六日，余被谪书，治行之黄州。俗事纷然，余亦迁居，因不复省花。到黄且周岁矣，寺僧书来，言花自如也。余因思兹棠之所植，去余寝无十步，欲与邻里亲戚一饮而乐之，宜可必得无难也，然垂至而失之。事之不可知如此。今去棠且千里，又身在罪籍，其行止未能自期，其于棠未遽得见也。然均于不可知，则亦安知此花不忽然在吾目前乎？因赋《问棠》以自广云。

寓舍之壤，既膏且腴。手植两棠，于堂之隅。风来自东，冰雪融液。兴视吾棠，既葩而泽。乃沽我酒，又命我人[②]。期一醉于树间，聊快酬于芳春。夹钟之初，谪书在门。陆走千里，止于江滨。天星一周，穆然[③]旧春。想见吾棠，粲然含姿。俯睨旧堂，今居者谁？婉如怨而有待，淡无言其若思。嗟乎！始种自我，其享将获。盈我旨酒，会我宾客。一酌未举，俯仰而失。事至而惊，其初孰测，惟得与失，相寻无极，则亦安知夫此棠不忽然一日复在余侧也？且夫棠得其居，愈久益敷[④]，无有斤斧斫伤之虞。我行世间，浮云飞蓬。惟所使之，何有南东？夫以不移，俟彼靡常。

久近衡从，其志必偿。歌以讯之，用著不忘。

①民国本题作《问双棠赋有序》。宋哲宗元符元年（1098）春，谪居黄州的张耒接到宛丘灵通禅院僧人来信，获悉前年冬天手植的两株海棠花开自如，欣然有得，遂作此赋。羁旅千里之外，心念故园海棠，由种棠、别棠的牵挂，到“棠得其居，愈久益敷，无有斤斧斫伤之虞”的释怀，起承转合，笔力劲健，羚羊挂角，了无痕迹。

②我人：傅增湘校作“吾人”。

③穆然：傅增湘校作“漠然”。

④益敷：民国本作“愈敷”。

哭下殇文[1]

下殇者何？吾儿也。儿生慧淑，父母有所戒，辄绝不为。性仁，不伤物，处其曹恂恂也。年七岁，得惊疾，医之不得其力[2]而死。作文[3]以哭之，曰：

医之不得其方耶？抑其命有长短[4]耶？独尔能使吾悲若此耶？抑为父者皆爱其子耶？苍颀夷颡，秀眉清目，今其在亡[5]，其犹有鬼也。使无物则吾复何思？其尚有知也，则夫荒屋野寺，风霜雨露，食息谁汝视也？

①《宛丘先生文集》将此篇编入卷五十“文”，民国本题作《哭下殇》编入卷五“古乐府歌词”。全文以问句开篇，对爱子早夭的种种追问，令人肝肠寸断；继之是对爱子生前的音容笑貌的回忆，想象丰富，感人至深；复以“荒屋野寺，风霜雨露”作结，哀怨悱恻，撕心裂肺。宛如一曲音节铿锵的挽歌，催人泪下。未成人而死为殇。《礼仪·丧服传》：“年十九至十六为长殇，十五至十二为中殇，十二至八岁为下殇，不满八岁以下皆为无服之殇。”邵祖寿《张文潜先生年谱》：“《哭下殇》，亦不知殇者为谁也。”崔铭《张耒年谱》以张耒与张秬、张秸、张和三

子诗颇多，而张秠独见于宋哲宗元祐年间所作《挂虎图于寝壁示秸秠》一诗，认为下殇可能就是秠。

②力：民国本作“方”。

③作文：民国本作“作此”。又，民国本“以哭之”下无“曰”字。

④长短：民国本作“短长”。

⑤在亡：民国本作“存亡”。

新居上梁文①

太昊之墟，风俗素厚。长淮以北，鱼稻渐丰。张君少也执经，常青衿庠序；仕而多难，遂白首闾里。辄于阮籍之穷途，成此陶潜之环堵。虽风雨之仅庇，亦箪瓢之屡空。敬举修梁，先成下舍。

抛梁东，淮阳三月牡丹风。已将奇丽夸天上，更有声名压洛中。

抛梁西，故祠千柱隐长堤。广殿杉松翻燕雀，修廊风雨暗旌旗。

抛梁南，艅艎万里建云帆。淮蟹湖鱼常入馔，三餐足慰老夫馋。

抛梁北，北望宸都官道直。霜晴日暖碧天高，郁葱时见尧云色。

抛梁上，却扫从今断还往。里闾休叹下泽车，登降须扶灵寿杖。

抛梁下，诗书万卷束高架。今年雨足定丰登，更向城隅问田舍。

伏愿上梁之后，人无疵疠，年屡丰登，儿孙诗书之不忘，妻孥粗粝之常饱，咨我有众，同受多祥。

①民国本不载此文。张耒自宋徽宗大观二年（1108）春寓居陈州州城西门街孝悌坊，宋徽宗政和二年（1112）四月十五日移居冠盖孙氏第。是文或为营建孙氏第下舍而作。上梁文是古代营造屋宇上梁时祈求神灵保佑的祝辞。明人徐师曾《文体明辨序说》：“上梁文者，工师上梁之致语也。世俗营宫室，必择吉上梁，亲宾裹面，杂他物称庆，而因以犒匠人。于是匠人之长，以面抛梁，而诵此文以祝之。其文首尾皆用俪语，而中陈六诗，诗各三句，以按四方上下，盖俗礼也。”这种文体源

于宋哲宗绍圣四年（1097）二月苏轼在惠州所作的《白鹤新居上梁文》。张耒仿效苏公文体，并颂新屋落成之后，人无灾难，岁丰年稔。

淮阳郡黄氏友于泉铭①

东出谯门，少南驰十三里，有井焉，其味甘洌。故驾部郎中黄公讳好谦，卜葬其亲，汲而异之，问诸野人，曰："是友于泉也。""何以得是名哉？"曰："昔有兄弟，灌园以奉亲者，凿井而得甘泉，邦人美之，以名其乡。即其地也。"公曰："地名胜母，曾参不入；邑号朝歌，墨子回车。今吾将卜窀穸之事，而遇斯泉，吉孰胜焉。"遂葬诸泉上，而公益以孝悌著。至公之子若孙，皆雍雍如也。人以是泉为祥，而以公家敦睦为法式。昔有南游，过贪泉而酌之，比及南海，裹其珠玑以走，其贪如此，泉之能移人也甚矣。贪自其心而发于泉，然则友于独不发于泉乎？盖志士取舍，亦自有道，不得不徇其名。夫柏人者，以为迫于人也邪？蒿之不可以食，世子皆恶其名也，不然曾、墨之所以去人者，彼皆非欤？公既葬其亲，遂以泉遗子孙，子孙世饮斯泉，则孝悌世相守也。守孝悌者，天必丰之以福，吾以是知黄氏之大未可量也，敢请铭之。铭曰：

孝乎惟孝兮，友于兄弟。公之懿德兮，实天所启。启我以兹泉兮，其甘如醴。以羞祭祀兮，以饎以饎。我铭其泉兮，名以定体。世饮是泉兮，雍雍济济。咨尔后人兮，勿忘周礼。

①这篇铭文为张耒晚年寓陈之作。《书》云："孝乎惟孝，友于兄弟。"此铭引经据典，辨析敦亲睦族、志士取舍之道，自然畅达，汪洋恣肆。友于泉不见陈州志书记载，今址不详。文以泉生，泉以文传。参阅《从黄仲闵求友于泉》诗下注。

书外祖李公诗卷后①

晏元献镇亳，外祖李公以著作佐郎实为谯令。元献虽以故相守藩，位貌尊贵，而与外祖友，赋诗饮酒，朝夕不舍，忘其位之有尊卑也。方是时，太平积年，内外无事，公卿大臣皆一时文章豪杰之士，优游燕息，往往喜与诗人文士谈笑述作。观其指物摭事，皆慨然自托于不朽之意。而至于今世之君子，皆喜道之，可谓盛矣。方是时，外祖以文章有名，而诗尤传于人，一时名臣，多致恭愿交。而尝赋诗，称少日知己惟晏、范，故元献及文正范公往来诗居多焉。

某年月日外孙张某记②

①民国本题作《记外祖李公诗卷后》。此跋文写作时间不详。记载其外祖李宗易与晏殊、范仲淹诸名卿文士交游事，言简而意赅。

②民国本无此句。

汉世祖光武皇帝庙记①

南顿令江君惇裕，以书属某曰："吾邑有汉世祖光武皇帝祠，邑人奉祀甚谨，而昔人所记陋甚，君为我述焉，将刻石以诏后世。"某辞之，不可。谨按光武皇帝以哀帝建平元年生于济阳，而皇考钦实为南顿令，帝尝从父于此，既得天子，亦屡临幸。盖平生之所游处，则邑之有祠，所从来久矣，岂独水旱疾疠之请，有赐于民，亦其功盛德尊，后世有不能忘者。故南顿之民，世祠之惟谨，盖无足怪。

汉自成、哀不君，权归外家，王莽卒盗而有之。天下大乱，民心思汉。惟世祖以匹夫起田亩，出入行阵，躬夷大难，勇无坚敌，智无遗策。故能祀汉配天，光复旧物，一时群雄，芟夷略尽，抚有方夏，覃及蛮貊，声教所暨，比隆武、宣。是宜暴蛰强伉，玩兵黩武，视民如草芥，而不讲于治国之事也。而武功既成，海内既定，则抑功臣，进文吏，投戈讲艺，息马论道，英伟之度屈于礼乐，骁猛之气束于儒学。敦尚经术，宾延儒雅，开广学校，修明典礼，涣然一变旧汉之俗，盖尝以为吾理天下欲以柔道行之。至于明、章，继志承统，纂修洪业，典章文物，粲然大备。故后世言礼乐稽古，称东汉焉。孝和已后，汉德不竞，破坏板荡，可谓极矣。而伏节[2]死义之士，如袁安、杨震、李固、陈蕃之徒救于上，符融、郭泰、范滂、许劭之徒助于下，矜尚名节，以震激衰敝，蹈死而不悔。至于献帝，人主特号而已，而曹操终不敢身自取之，彼其心诚有所畏故也。盖礼乐之功，风化之美，足以保国长世如此，皆世祖之遗烈也。呜呼！自三代以来，一人而已。

建武十九年，南巡，进幸南顿县舍，置酒会，赐吏人，复南顿田租一岁。父老前叩头言："皇考居此日久，陛下之寺舍，每来辄加厚恩，愿赐复十年。"帝曰："天下重器，常恐不任，日复一日，安敢远期十岁。"吏人又言："陛下实惜之，言何谦也。"帝大笑，又增一岁。中元元年，又复南顿徭役，同之济阳，则帝之于是邦，岂若他邑漠然而已乎！高祖曰："吾万岁后，魂魄犹思沛。"吾意光武于南顿亦云。

崇宁元年五月二十日[3]

①宋徽宗崇宁元年（1102）五月二十日，张耒应南顿令江惇裕之请，作此记。称赞汉光武帝刘秀的文治武功"自三代以来一人而已"。后半部分记其南巡至南顿，与吏人的对话，生动活泼，堪称妙笔。张耒另有《题南顿光武祠》七绝一首："他日曾休羽葆车，可怜宫寺已丘墟。云台诸将锵冠剑，却遣严光配坐隅。"南顿古为顿子国，熙宁中省南顿县为镇入商水县，今属河南项城。

②伏节：民国本作"仗节"。

③民国本无此句。

上文潞公献所著诗书①

古之言诗者，以谓动天地、感鬼神，莫近于诗。夫诗之兴，出于人之情。喜怒哀乐之际，皆一人之私意，而至大之天地、极幽之鬼神，而诗乃能感动之者，何也？盖天地虽大，鬼神虽幽，而惟至诚能动之。彼诗者虽一人之私意，而要之必发于诚而后作。故人之于诗，不感于物、不动于情而作者，盖寡矣。今夫世之人，有顺于其心而后乐，有逆于其心而后怨，当乐而反悲，当怨而反爱者，世之所未尝有，而乐与怨者，一有使之，莫知其然而然者也，此非至诚之动也哉？彼诗者，宣所乐所怨之文也。夫情动于中而无伪，诗其导情而不苟，则其能动天地、感鬼神者，是至诚之说也。夫文章蓄其变多矣，惟诗独迩于诚。故欲观人者，莫如诗。故古之君子相与燕乐酬酢之际，必赋诗以观宾主之意，虽不作于其人，而必取古人之诗以见其志。故先王之时，大至于朝廷之政事，广至于四方之风俗，微至于匹夫贱士之悲嗟，妇人女子之幽怨，一考于诗而知之。而使有可以时陈，取而藏诸太师，又播之乐章，大者荐之郊庙，而次者陈之燕享，则夫诗之可以观故察物，其重盖如此。

自周衰以来，后世作者纷然并出，以至于今数千年，其间变制异技，奇言诡术，不可胜纪。其间卓然而可称者，不过数人，其余纷纷籍籍，皆不足道。而违情拂志之作，往往或有，非如古之于诗，必出于诚意而不诬也。然违情拂志者，盖有之矣。至于显情之真，发志之实者，尚十九也。某不肖，自幼至今，颇考□历世之为诗者，上自《风》《雅》之兴，而中观骚人之作，下考苏、李以来至于唐，扫除蕃秽而摭其真，刊落蔓衍而食其实，颇有得于前人，而时时心之所感发，亦窃见之于诗。且夫人之生于天地之间，目之所见，耳之所闻，心之所思，一日之间无顷刻之休。而又观夫四时之动，敷华发秀于春，成材布实于夏，凄风冷露、鸣虫陨叶而秋兴，重云积雪、大寒飞霰而冬至，则一岁之间无一日隙。以人之无定情，对物之无定候，则感触交战，旦夜相召，而欲望其不发于文字言语，以消去其情，盖不可得也。则又知诗者虽欲不为，有所不能。

①宋神宗元丰三年（1080）九月，潞国公文彦博拜为太尉，判河南府。寿安县属西京河南府，任寿安尉未及一年的张耒依例拜谒，并献上所著诗书。《宛丘先生文集》失载此文，兹据民国刊本《柯山集》拾遗卷十二补录。张耒时年二十八岁，在这封书简中明确提出“诗者虽一人之私意，而要之必发于诚而后作”，“诗者，宣所乐所怨之文也”。对于先秦以来的文学遗产，应该秉持“扫除蕃秽而摭其真，刊落蔓衍而食其实”的态度，去伪存真，批判继承。可以说，显情发志的“至诚之说”是张耒诗歌创作实践的理论结晶。文彦博（1006—1097），字宽夫，汾州介休人。宋仁宗天圣五年（1027）进士，历仕仁宗、英宗、神宗和哲宗四朝，出将入相五十年，封潞国公，以太师致仕，卒年九十二，赐谥忠烈。著有《文潞公集》四十卷。辅相三世，声闻四夷。安定危局，朝野倚重。清康熙六十一年（1722），从祀历代帝王庙。兼工书法，笔势清劲，有唐人风致。文氏仪表端庄，风雅倜傥，据传罗贯中的《平妖传》就是以文彦博、王则的故事为背景创作的，他的形象甚至出现在《水浒传》开篇“洪太尉误走妖魔”中。

祭秦少游文①

维崇宁四年岁次乙酉闰月某朔某日甲子，具位张某谨以家馔清酒，遣男秬敬祭于亡友少游学士之灵②。

呜呼少游，淮海之英，自其少时，文章有声。脱略等辈，论交老成，众誉归之，谁敢改评。聿来秘书，亦既飞鸣，脱身亟去，事变随生。呜呼！官不过正字，年不登下寿，间关忧患，横得骂诟，窜身瘴海，卒仆荒陋。君孤奉丧，归葬广陵，拜我于黄，尚有典刑。会葬抚孤，我穷不能，具此菲薄，聊致我诚。只鸡斗酒，怀想平昔，嗟我少游，尚肯来食。

①元符三年（1100），谪居雷州的秦观复命宣德郎，放还横州。八月，行至藤州（今广西藤县）暴卒。宋徽宗崇宁四年（1105）闰二月，秦观之子秦湛（字处度）奉父榇北归，路过黄州时拜谒父执张耒。张耒谨备家馔清酒敬祭秦观亡灵，作《祭秦少游文》，以申追悼之怀。

②民国本无以上四十一字。

晁无咎墓志铭[①]

惟晁氏自汉御史大夫错而后，不能讲其出[②]，国初为清丰人。真宗皇帝时，有讳迥者，为翰林学士承旨，谥文元，始徙居开封，或居钜野。迥之子讳宗悫，为参知政事，谥文庄。又三世而生公。其讳宗简，赠特进吏部尚书者，为皇曾祖。讳仲偃，尚书库部员外郎者，为皇祖考。讳端友，赠左朝散大夫者，为皇考。

公讳补之，字无咎。幼豪迈英爽不群。七岁能属文，日诵千言。年十三，从王安国于常州学官。安国名重天下，于后进少许可，一见公，大奇之。公从皇考于杭之新城，公览观钱塘人物之盛丽，山川之秀异，为之作文以志之，名曰《七述》。今端明苏公轼通判杭州，苏公蜀人，悦杭之美而思有赋焉。公谒见苏公，出《七述》，公读之，叹曰："吾可以阁笔矣！"苏公以文章名一时，士争归之，得一言足以自重，而延誉公如不及，至[③]屈辈行与公交。由此公名藉甚于士大夫间。

举进士，礼部别试第一，而考官谓其文辞近世未有，遂以进御，神宗见之曰："是深于经，可革浮薄。"于是名重一时。遂中第，调澶州司户参军。召试学官，时试者累百，而所取五人，公中其选，除北京国子监教授，又为卫州教授，未行，除太学正。哲宗即位，右丞李清臣举公馆职。召试学士院，除秘书省正字，俄迁校书郎。以亲老求补外，除秘阁校理，通判扬州。有逃卒用货得户部判至淮南理逋负，公辨其奸，事既决，一府不敢欺。召为著作佐郎，又迁秘书丞，又迁著作郎，官制检讨官。于是公为秘书省官十五年矣，而恬静乐道，未尝近权要，士论高之，遂知齐州。

境有群盗，白昼掠途人，公默得其姓名，囊橐皆审。一日，因宴客，召捕吏以方略授之，酒行未终，悉擒而还，一府大惊，郡为无警。岁饥，河北民流，道齐境不绝。公请粟于朝，得万斛，乃为流者治舍次、具器用。人既集，则又为具糜粥、药物，公皆躬临治之，凡活数千人。又择高原以葬死者，男女异墟。使者颇媢其功，欲有以挠之，既至境□视，乃更叹服。

绍圣元年，朝廷治党□，公亦坐累，降通判应天府。以亲嫌通判亳州，复落职监处州酒务。中途丁母忧，毁瘠几不胜丧服。除监信州酒，公治职事甚力，了无迁谪意。

今上即位，移签书武宁军节度判官，赐绯衣银鱼。寻复通判河中府，未行，召为著作佐郎。俄迁尚书吏部员外郎，除哲宗实录院检讨官，改礼部郎中，又改神宗国史编修官。公皆以非才辞避再三，不允。又力请外官，复留以为吏部郎中。异日，事有留滞，无究治者，吏缘为奸。尝有岭外尉，捕获盗八人，法当改官，而考功谓获盗不同处，曲沮欲坏其赏，吏持之不决。尉客京师久，窘甚，诣公诉之，公悯然曰："当奏。"即为上之，七日而得迁官，于是吏畏服，部无留事。

俄除知河中府，郡当大河，扼三门，有浮梁，久且坏。公视事，亟欲营缮，有司难之。公乃预为鸠材，既集，则为规画，一日而成。城中欢呼，民为画像立祠。徙知湖州，其治如河中。又徙知密州，犹用前。累送吏部，授知果川，不行，因得管勾江州太平观，又改管勾西京嵩山崇福宫，又管勾南京鸿庆宫。居乡间，以学行为乡人所敬，而尤好晋陶渊明之为人。其居室庐园圃，悉取陶渊明《归去来词》以名之，其讲学至老不废。大观四年，由近制诣部，授知达州，未行，擢知泗州。到官无几何，以疾卒，年五十八。

公于文章，盖其天性读书不过一再，终身不忘，自少为文，即能追考左氏、《战国策》、太史公、班固、扬雄、刘向、屈原、宋玉、韩愈、柳宗元之作，促驾而力鞭之，务与之齐而后已。其凌丽奇卓出于天才，非酝酿而成者，自韩愈已还，盖不足道也。

性刚且果敢，勇于为义，其事亲、友兄弟、睦姻族，有人所不能为者。家素贫，先大夫没时，有女未嫁者五人，公力贫营办，皆以时嫁，为士人妻。与人交无隐情，见事有不当于义者，必直告之，而受人之尽言，亦未尝愠也。

公既于书内外无所不观，下至于阴阳术数，皆研极其妙，其祸福往来先言之。卒之夕，有大星殒于州廨之燕寝，人惊视之，公已奄然矣。公少好读庄、老书，通其说，既自以为未至，学于佛，而求之其心泰然若有得也，及属纩，精爽不乱。

娶户部侍郎杜纯之女，治家教子皆有法，封永嘉县君。男二人，公为、公汝[4]。女二人，长适梁颐吉，次尚幼。

有文集及著作若干卷。

其孤以某年月日葬公任城县吕村之原，从先大夫之兆。耒与公兄弟交，故其孤来乞铭。铭曰：

矫矫家令，以身殉国。文元雍雍，为时峻德。凛凛无咎，继起有赫。束发坟、史，白首翰墨。追古作者，蹈藉凌跞。气戛星斗，声韵金石。不施于邦，祇自藻泽。人一之难，公易百千。我原其文，惟质之淳。孝爱忠信，施及乡人。是独何亏，一仆莫振。车坚马良，不得出门。策驽驾朽，道上纷纷[5]。将昌其声，而啬其身。呜呼无咎，万世之闻。

①宋徽宗大观四年（1110）九月，晁补之病逝于泗州知州任上，张耒“闻讣于陈，惊呼号天”（《祭晁无咎文》），受晁补之子嗣之托撰写《晁无咎墓志铭》。张耒与晁补之自宋神宗熙宁七年（1074）盱眙相识以还，交往近四十年，“外虽朋游，情实兄弟”。铭文述其祖籍世次、读书科举、仕宦迁转、事亲睦族、道德文章，语言平实，感情充沛，诚非其他溢美虚妄、陈词滥调的挽词可以比拟。晁补之墓在今山东省嘉祥县西南十五里青山（《济宁直隶州志》卷十五）。

②讲其出：草斋本作“谱其世”。

③至：民国本作“自”。

④公汝：原作“公似”，据民国本改。

⑤原缺“策驽驾朽，道上纷纷”八字，据张表臣《珊瑚钩诗话》卷二补。

十、附录

顾名思义，这是附丽于张耒诗文之外的辑录，大致包括三个方面的内容：一是苏轼、苏辙、黄庭坚、秦观、陈师道、晁补之“六公”赠答张耒的书简、诗歌、跋文等；二是《宋史·张耒传》；三是张耒寓居陈州的年表。

钱锺书先生在《宋诗选注》中曾经指出，在苏轼、苏辙兄弟俩的周围有五位作家——黄庭坚、秦观、张耒、晁补之和陈师道，这五位苏门弟子并不模仿苏轼的风格，彼此在创作上各人走各人的路。皆一时之选，各擅胜场。张耒《赠李德载》诗云：“长翁波涛万顷陂，少翁巉秀千寻麓。黄郎萧萧日下鹤，陈子峭峭霜中竹。秦文蒨藻舒桃李，晁论峥嵘走金玉。六公文字满人间，君欲高飞附鸿鹄。”我们从六公的文集中各选一篇赠答张耒的诗文，“仿佛是来了个合家欢”（钱锺书语），虽有管窥蠡测之嫌，然而，对于读者进一步了解张耒及其文学艺术成就无疑是有所裨益的。

关于张耒生平事迹的记载，散见于自宋迄今的各种著述，鱼鲁豕亥，率多舛误。譬如《建炎以来系年要录》《古今词话》，即把张耒误作“宛丘人”或“淮阳人”。有鉴于斯，我们仅遴选刊刻年代较早、文字较为完备的《宋史》张耒传记资料。

我们依据崔铭《张耒年谱及作品编年》和邵祖寿《张文潜先生年谱》等编制的“张耒寓陈年表”，只是张耒平生寓陈或过陈的概览，由于许多作品创作时间不详，无法一一胪列系年，聊供读者参酌而已。

答张文潜县丞书

〔宋〕苏　轼

轼顿首文潜县丞张君足下：久别思仰。到京公私纷然，未暇奉书。忽辱手教，且审起居佳胜，至慰！至慰！

惠示文编，三复感叹。甚矣！君之似子由也。子由之文实胜仆，而世俗不知，乃以为不如。其为人深不愿人知之，其文如其为人，故汪洋澹泊，有一唱三叹之声，而其秀杰之气，终不可没。作《黄楼赋》，乃稍自振厉，若欲以警发愦愦者。而或者便谓仆代作，此尤可笑。是殆见吾善者机也。文字之衰，未有如今日者也。其源实出于王氏。王氏之文，未必不善也，而患在于好使人同己。自孔子不能使人同，颜渊之仁，子路之勇，不能以相移，而王氏欲以其学同天下。地之美者，同于生物，不同于所生。惟荒瘠斥卤之地，弥望皆黄茅白苇，此则王氏之同也。

近见章子厚言，先帝晚年甚患文字之陋，欲稍变取士法，特未暇耳。议者欲稍复诗赋，立《春秋》学官，甚美。仆老矣，使后生犹得见古人之大全者，正赖黄鲁直、秦少游、晁无咎、陈履常与君等数人耳。如闻君作太学博士，愿益勉之。“德輶如毛，民鲜克举之。我仪图之，爱莫助之。”此外千万善爱。偶饮卯酒，醉。来人求书，不能复覼缕。

次韵张耒见寄

〔宋〕苏　辙

相逢十年惊我老，双鬓萧萧似秋草。
壶浆未洗两脚泥，南辕已向淮阳道。
我家初无负郭田，茅庐半破蜀江边。
生计长随五斗米，飘摇不定风中烟。

茹蔬饭糗不愿余，茫茫海内无安居。
此身长似伏辕马，何日还为纵壑鱼。
怜君与我同一手，微官肮脏羞牛后。
请看插版趋府门，何似曲肱眠瓮牖。
中流千金买一壶，椟中美玉不须沽。
洛阳榷酒味如水，百钱一角空满盂。
县前女儿翠欲滴，吏稀人少无晨集。
到官惟有懒相宜，卧看南山春雨湿。

明月篇赠张文潜

〔宋〕黄庭坚

天地具美兮生此明月，升白虹兮贯朝日。工师告余曰斯不可以为佩，弃捐椟中兮三岁不会。霜露下兮百草休，抱此耿耿兮与日星游。山中人兮招招，耕而食兮无恤。榛艾蓁蓁前吾牛兮，疷不可更扶。浅耕兮病岁，深耕兮石罂耜。登山兮临川，雉得意兮鱼乐。小风兮吹波，从其友兮尾尾。日下兮川逝，射雉兮丧余一矢。佳人兮洁齐，怅何所兮行媒。南山有葛兮葛有本，我羞餔兮以君之锄来。

次韵答张文潜病中见寄

〔宋〕秦　观

与君涉世网，所得如钩温。念昔相乖离，俯仰变寒暄。
把袂安可期，寄书嘱加餐。三年汝水滨，孤怀谁与言。
末路非所望，联镳金马门。校文多豫暇，玄谈到羲轩。
孰云笭箵小，史书垂后昆。匪惟以旧闻，牴牾良可刊。
比枉病中作，笔端淮海奔。亟驾问所苦，兀坐一室闲。

晤对不知夕，归途斗星翻。平时带十围，颇复减臂环。
君其专精神，微恙不足论。恺悌神所劳，此理直如弦。

题文潜诗册后

〔宋〕晁补之

君诗容易不着意，忽似春风开百花。
上苑离宫曾绝艳，野墙荒径故幽葩。
惬心刍豢非杂俎，垂世江河自一家。
头白昏昏醉眠处，忆君频夜梦天涯。

赠张文潜

〔宋〕陈师道

张侯便然腹如鼓，饥雷收声酒如雨。
读书不计有余处，尚著我辈千百许。
翻湖倒海不作难，将军百战富善贾。
弟子不必不如师，欲知其人视其主。
秋来待试丞相府，谷马砺兵吾甚武。
商周不敌闻其语，一战而霸在此举。
百年富贵要自取，人将公卿还尔汝，
德如墨君谁敢侮。

张耒传

〔元〕脱 脱

张耒，字文潜，楚州淮阴人。幼颖异，十三岁能为文，十七时作《函关赋》，已传人口。游学于陈，学官苏辙爱之，因得从轼游。轼亦深知之，称其文汪洋冲澹，有一倡三叹之声。

弱冠第进士，历临淮主簿、寿安尉、咸平县丞。入为太学录，范纯仁以馆阁荐试，迁秘书省正字、著作佐郎、秘书丞、著作郎、史馆检讨。居三馆八年，顾义自守，泊如也。擢起居舍人。绍圣初，请郡，以直龙图阁知润州。坐党籍，徙宣州，谪监黄州酒税，徙复州。徽宗立，起为通判黄州，知兖州，召为太常少卿，甫数月，复出知颍、汝二州。崇宁初，复坐党籍落职，主管明道宫。初，耒在颍，闻苏轼讣，为举哀行服，言者以为言，遂贬房州别驾，安置于黄。五年，得自便，居陈州。

耒仪观甚伟，有雄才，笔力绝健，于骚词尤长。时二苏及黄庭坚、晁补之辈相继没，耒独存，士人就学者众，分日载酒肴饮食之。诲人作文以理为主，尝著论云："自六经以下，至于诸子百氏骚人辩士论述，大抵皆将以为寓理之具也。故学文之端，急于明理，如知文而不务理，求文之工，世未尝有也。夫决水于江、河、淮、海也，顺道而行，滔滔汩汩，日夜不止，冲砥柱，绝吕梁，放于江湖而纳之海，其舒为沦涟，鼓为波涛，激之为风飙，怒之为雷霆，蛟龙鱼鳖，喷薄出没，是水之奇变也。水之初，岂若是哉！顺道而决之，因其所遇而变生焉。沟渎东决而西竭，下满而上虚，日夜激之，欲见其奇，彼其所至者，蛙蛭之玩耳。江、河、淮、海之水，理达之文也，不求奇而奇至矣。激沟渎而求水之奇，此无见于理，而欲以言语句读为奇，反复咀嚼，卒亦无有，文之陋也。"学者以为至言。作诗晚岁益务平淡，效白居易体，而乐府效张籍。

久于投闲，家益贫，郡守翟汝文欲为买公田，谢不取。晚监南岳庙，主管崇福宫。卒，年六十一。建炎初，赠集英殿修撰。（《宋史》卷四四四）

张耒寓陈年表

张耒，字文潜，号柯山，世称宛丘先生，著有《宛丘先生文集》七十六卷。从苏轼、苏辙游，与黄庭坚、秦观、晁补之并列，号称“苏门四学士”

宋仁宗至和元年（1054）三月生于楚州淮阴（今江苏淮安）。陆游《老学庵笔记》卷四：“张文潜生而有文，在其手曰‘耒’，故以为名，而字文潜。”

祖籍亳州谯郡（今安徽亳州）。高祖张成，赠礼部尚书；曾祖张传，仕至礼部侍郎；祖父曾在闽为官，父亲为宋仁宗皇祐五年（1053）进士，性刚介峭峙，历任山阳学官、三司检法官、吴江知县

外祖李宗易，字简夫，宛丘（今河南淮阳）人，宋真宗天禧三年（1019）进士，儒雅风流，与晏殊、范仲淹诸名公友善。官至度支郎中，以司封郎中致仕，归隐陈州（今河南周口），卒赠太常少卿。母亲李氏（一说文安君），羸弱多病，张耒常随母住在外祖家，故有“儿童居宛丘，里巷昔所经”的诗句

宋神宗熙宁四年（1071）　辛亥　十八岁

游学陈州，陈州教授苏辙与李宗易交游，因见张耒《函关赋》，赏爱有加，遂纳为徒

七月，苏轼自汴京赴杭州通判任，途经陈州，留连七十余日，张耒得从苏轼游。《宋史·张耒传》：“游学于陈，学官苏辙爱之，因得从轼游。轼亦深知之，称其文汪洋冲澹，有一倡三叹之声。”

冬，外祖李宗易病逝，作《李少卿挽词》二首：“几年林下远埃尘，儒雅风流谁与邻？笔尾病来犹壮健，诗情老去更清新……”

宋神宗熙宁五年（1072）　壬子　十九岁

上书陈州知州张刍（字圣民），得其礼遇称奖

秋，自陈州赴苏州参加应举考试

冬，在陈州赋五古《寄陈九》。陈九，即陈鼎，宛丘同学

宋神宗熙宁六年（1073）　癸丑　二十岁

春，在汴京参加礼部试后回到陈州等候揭榜

三月十九日，登余中榜进士。宛丘同学黄寔（字师是）同榜进士及第

六月，授官临淮主簿，离京归陈，从陈州知州张刍游

宋神宗熙宁七年（1074）　甲寅　二十一岁

春，在陈州赋诗追记一年前集贤殿试后寓居京师游西冈钱昌武郎中第情形

拜访父执陈州南顿尉李处道

八月三日，从陈州出发，自蔡河乘舟赴监淮主簿任，赋五言长律《八月三日舟行自蔡河赴监淮》："旷野天垂地，川晴水见沙。河回迷向背，岸断忽桑麻。水阔时浮鹭，陂寒乍集鸦。年饥田濩落，岁晚客悲嗟。新月排云水，西风送日斜。孤舟何处宿，故国已天涯。"

又有《初离陈寄孙户曹兄弟》七绝一首："三年流落寓于陈，一命青衫淮水滨。城北桥边长送别，扁舟今自作行人。"

宋神宗元丰二年（1079）　己未　二十六岁

冬，张耒自山阳赴寿安尉任，经南京（今河南商丘）过陈州，有诗《自南京之陈宿柘城》《离陈至西华》《西华道中》纪行

宋神宗元丰六年（1083）　癸亥　三十岁

春，罢寿安尉，清明卧病洛阳。九月，丧妻，遂自洛阳东归陈州

冬，在陈州，与道人张坚（字至柔）相会

宋神宗元丰七年（1084） 甲子 三十一岁

春，在陈州，作《正月六日》《遣兴》，追怀亡妻，另有《春词二首》《鱼虾相望》《寄荣子雍》等

十月，赴咸平丞任，再过陈州，蔡河阻水，泊舟皇华亭，有诗《赴官咸平蔡河阻水泊舟宛丘皇华亭下三首》；过太康县青桐镇，有诗《青桐道中值雨凡数里舟行久之颇有江湖之思二首》

宋哲宗元祐元年（1086） 丙寅 三十三岁

春，张耒改官亳州教授，离京赴任，经扶沟建雄镇、太康崔桥镇、西华长平镇，作《离建雄途中》《发崔桥》《泊长平晚望》《发长平》。在陈州居停十数日，作《与陈三书》。经宛丘斗门泛舟离陈，作《离宛丘斗门》五言长律，后四句“孤城飞鸟外，春水片帆前。萧瑟孤征恨，更深独未眠”。过沈丘县看望家兄张柔（字文刚），作《沈丘道中》。张柔时任沈丘令

宋哲宗绍圣三年（1096） 丙子 四十三岁

张耒得官管勾明道宫，寻便居陈

秋，张耒自汴京赴陈州，作《项城道中》。抵陈州，作《寓淮阳驿二首》，有“都是去年秋气味，谁知飘泊古淮阳”句。寓居宛丘南门灵通禅院西堂。作《老舅寓陈诸况不能尽布以二诗代书得闲为和佳也》，寄外甥杨克一

读陶渊明《饮酒诗》，作《次韵渊明饮酒诗》十九首，其十四：“儿童居宛丘，里巷昔所经。重来三十年，落魄竟何成？扣门问长老，主人多已更。萧萧城南道，松柏共坟庭。念此久兴叹，游不待鸡鸣。悠然且饮酒，聊以慰平生。”

十二月，于灵通禅院西堂下手植两株海棠。宋哲宗元符元年（1098）春，在黄州，作《问双棠赋》

在陈州外家李氏观韩幹马摹本甚多

撰写《明道杂志》一卷，记录亲历见闻及朝野文人逸事八十余则，衡短论长，语涉谐趣

宋哲宗绍圣四年（1097）　丁丑　四十四岁

正月十五日，作《上元日驾回登楼二首》，尾联“自古长安多乐事，周南留滞意何穷”

春，作《春雪二首》《寺西闲步》。于灵通禅院堂下手植的海棠花开绽放

闰二月六日，朝廷下诏追贬张耒落直龙图阁，谪监黄州酒税

自宛丘南门灵通禅院迁至西门街孝悌坊

离开陈州前，与表弟李公辅（字德载）辞别；作五言古诗《淮阳》，以抒依依不舍之情。诗曰：“淮阳古帝墟，鄙夫少所游。最爱城西路，槐榆拱高秋。城下古壕水，时澄泓不流。嗟哉始封君，千古留一丘。西风臛新兔，鱼鳖亦易求。谷穗如垂珠，松林风飕飕。异乡仍谪官，一步九回头。何时守一廛？白首自锄耰。”

离陈赴黄州，行至南顿驿（今项城南顿），作《谪官黄州至南顿驿同李从圣叔侄草草小饮》

宋哲宗元符三年（1100）　庚辰　四十七岁

秋，张耒离开黄州赴兖州任，经停陈州，观赏菊花。“春风岭上望齐安，太昊城边揽秋菊”（《将至都下》）

宋徽宗建中靖国元年（1101）　辛巳　四十八岁

夏，张耒出知颍州，自汴京赴任，途经陈州，作《病暑赋》

宋徽宗崇宁元年（1102）　壬午　四十九岁

五月，朝奉郎、直龙图阁、汝州知州张耒坐党籍落职，不得在京差遣，授官管勾亳州明道宫。二十日，应南顿令江惇裕之请，作《汉世祖光武皇帝庙记》

秋初，作《鹿邑道中》

寓居陈州，作《寓陈杂诗十首》《早秋感怀》《白乐天有渭上雨中独酌十余首效渊明，余寓宛丘，居多暇日，时屡秋雨，效白之作得三章云》《初秋对雨》《蔡河涨》《寄李端叔二首》《钱申医录序》等。“闭门理残编，疏慵得自便”（《初秋对雨》）是其生活写照

七月二十七日，闲居陈州的张耒因在颍州知州任上为苏轼缟素致丧，被言者视为苏门死党而纠弹，自管勾亳州明道宫责授房州别驾，黄州安置

宋徽宗大观二年（1108）　戊子　五十五岁

三月，张耒赦落罪籍，携家眷自楚州山阳赴陈州定居，与同年进士常安民（字希古）为邻。作《到陈午憩，小舍有任王二君惠牡丹二盘，皆绝品也。是日风雨大寒，明日作此诗呈希古》，诗曰：“初来淮阳春已晚，下里数楹聊寝饭。此邦花时人若狂，我初税驾游独懒。任王二君真解事，来致两盘红紫烂。天姝国艳照蔀屋，持供佛像安敢慢。江湖逢春岂无花，格顽色贱皆可拣。暂观中州燕赵态，一洗千里穷荒眼。风波历尽还故郡，此愿谁能辄先满。那知中夕忽凛烈，卧拥牛衣候天旦。名园泥淖安可入，坐惜残芳风雨散。东邻夫子亦嗜酒，卧听午鸡方起盥。晴明犹及一寓目，我老尚能挥大盏。”

六月，赵令畤（字德麟）叙复朝奉郎，出元祐党籍，赴汴京过陈州，张耒相与慰劳，作《书赴令畤字说后》

七月十五日，作《七月十五日希古生日以为寿》：“苍头白发老祠官，邂逅淮阳一笑欢。”张耒时监南山岳庙

八月十五日，中秋无月，作《中秋无月戏呈希古年兄》

孙勰（字志康）籴米酿酒，作《孙志康许为南酿前日已闻籴米欣然作诗以问之》；从辟高阳，作《送孙志康赴高阳》：“淮阳穷栖幸见子，胸中郁结为少宽。”

与陈州同学、同年进士黄寔之子黄仲达交游，作《从黄仲闵求友于泉》《谢仲闵惠友于泉》《见黄仲达感秋意作篇》《淮阳郡黄氏友于

泉铭》

宋徽宗大观三年（1109）　己丑　五十六岁

十月，在陈州，作《宗禅师语录序》，序曰："己丑孟冬，其门人义和携以示余，求序冠其篇首，勉为书此，幸无诮焉。"

宋徽宗大观四年（1110）　庚寅　五十七岁

九月，张耒在陈州闻晁补之病逝于泗州任所，作《祭晁无咎文》，后应晁氏子嗣之请，撰《晁无咎墓志铭》

作《许大方文集序》

宋徽宗政和元年（1111）　辛卯　五十八岁

五月，张耒在陈州，应泽州陵川县令张某之请，作《陵川县山水记》："张君从予游，其行己操术，其为仁智之类有余矣，而又好学而甚文……"

潘大临之子潘戆到陈州拜望张耒，献上先父文章若干卷求序，为作《潘大临文集序》

十二月，作《岁暮即事寄子由先生》："岁暮淮阳客，贫闲两有余。朝昏面壁坐，风雪闭门居。老去深依佛，年衰更嗜书……"张耒与苏辙文字往来或止于此

宋徽宗政和二年（1112）　壬辰　五十九岁

春，张耒在陈州，作《新居上梁文》"太昊之墟，风俗素厚。长淮以北，鱼稻渐丰……"

四月十五日，张耒自淮阳城西门街孝悌坊移居到冠盖孙氏第，作《四月望日自孝悌坊迁冠盖孙氏第》，有句"中有塍塍者，淮阳四年客"

秋，翟汝文（字公巽）任陈州知州，常登门拜访张耒，欲为买公田贴补家用，张耒固谢不取

作《赠翟公巽》：“公来衰颜得一笑，侧听高论惊寻常。穷阎过我坐至暮，满怀珠玉无秕糠……”

作《瓦器易石鼓文歌》

十月三日，苏辙逝世。至是苏轼、苏辙二公暨从之游者黄庭坚、秦观、晁补之、陈师道等苏门弟子相继以殁，惟张耒一人岿然独存，士人就学者纷至沓来，往往分日载酒肴饮食之

宋徽宗政和三年（1113）　癸巳　六十岁

正月，陈州知州翟汝文召拜中书舍人，离陈赴京之际，张耒赠诗《送翟公巽赴中书舍人》，有“十年声名满四海，淮阳邂逅双朱轮”句

十月，作《初冬偶成》：“清商忽已谢，环堵缅清冬。今晨起何早，肃气凄房栊。繁霜凛欲结，霁雾迷长空。理畦晓蔬尽，收果高林空。六年淮阳客，岁岁风景同。吁嗟吾老矣，抚事思无穷。”

宋徽宗政和四年（1114）　甲午　六十一岁

张耒卒于宛丘

葬于淮阴